Edna O'Brien

Plötzlich im schönsten Frieden

Roman
Aus dem Englischen von
Margaret Carroux

Diogenes

Titel der englischen Originalausgabe:
›Casualties of Peace‹
Jonathan Cape, London
Copyright © 1966 by Edna O'Brien

Für Rita Tushingham, deren Mantel es ist

Es war tief in der Nacht, alle Häuser waren dunkel, und alle Menschen in allen Häusern schliefen fest. Willa eilte eine Straße entlang, die nicht jene war, in der sie wohnte, aber dort hinführte. Drei kurze Straßen führten zu ihrer Straße, die dadurch ungefähr in drei Abschnitte unterteilt war, einen oberen, einen mittleren und einen unteren. Sie wohnte im mittleren Abschnitt, nicht weit von der Eisenbahnbrücke. Ein großes Backsteinhaus mit einem Doppeltor, weißem Holzwerk, einem Giebelfenster ganz oben, der ganze Vorgarten mit ungleichmäßigen Betonplatten gepflastert und daher kein Platz, um Blumen zu pflanzen, aber zwei mit Erde gefüllte Kübel standen da als Ersatz für Blumenbeete. Sie standen an den beiden Enden des Holzgeländers, das Schutz bot vor dem Gefälle zwischen Erdgeschoß und Keller. Die Blumen in diesen Kübeln wechselten je nach der Jahreszeit, aber zu jener Zeit waren es blühende rote Geranien und eine weiße, moosartige Blume, die sich höchst erfreulich selbst vermehrte und sogar in den Ritzen zwischen den Betonplatten wuchs. Die Geranien müßten jetzt bei Nacht ihre Farbe verloren haben und bloß hohe sanfte Schatten sein, aber vor ihrem geistigen Auge sah Willa sie leuchtend rot, und auch die frisch geschnittene Hekke, und sie entsann sich ihrer Enttäuschung, denn sie hatte es gern, wenn eine Hecke dicht und strauchig war. Aber Tom schnitt sie unbarmherzig. Gerade, als sie ans Ende der kurzen Straße kam, die zu ihrer Straße führte, stieß sie einen Schrei aus. Kein Wunder. Sie hatte keinen Schlüssel bei sich. Sie suchte in beiden Taschen, wühlte in ihrer Handtasche, aber schon während sie es tat, wußte sie, daß der Schlüssel auf dem Tisch in der Diele lag, wo sie ihn nachmittags hingelegt hatte, nachdem sie ihn aus der Handtasche genommen hatte, als sie hinausging, um Tom zu becircen, er möge die Hecke nicht bis auf die Zweige kahlschneiden. Sie hätte eine Fußmatte oder einen Stein in die Tür legen können, aber das tat sie nicht. Sie hatte den Hausschlüssel in der Hand und legte ihn später auf den Tisch in der Diele neben eine Vase mit Rosen.

Sie kam jetzt zu ihrer Straße und stand schon an der Bordsteinkante, um hinüberzugehen, als sie das Geräusch eines Autos hörte. Sie sah, wie es mit wahnsinniger Geschwindigkeit vom unteren Ende der Straße heranraste, und zum Glück versuchte sie nicht, vor ihm hinüberzugehen, denn das hätte sie gewiß nicht geschafft. Es hielt, als es auf ihrer Höhe war, und zwar mit unheimlicher Leichtigkeit. Zwei Männer saßen darin. Einer von ihnen kurbelte das Fenster herunter. Sie hatten dicht am Bordstein gehalten, und sie hatte ihren rechten Fuß zurückgezogen, aber den linken nicht, aus Angst, sich zu verraten. Sie stand ganz gelassen da, ganz unverfroren. Der zweite Mann schaltete die Zündung aus. Sie erkannte sie nicht an ihren Gesichtern, sondern an ihrer Absicht; und die war, sie zu ermorden. Derjenige, der sprach, schaute sie an, etwa in Bauchhöhe. Entrüstet warf sie den Kopf zurück, eine Gebärde des Trotzes. Ihr herabhängendes Haar machte die Bewegung mit. Er lächelte, und bloß darin zeigte sich auf seinem widerlichen Gesicht sein teuflisches Vergnügen. Abscheulich, was er ihr antun würde. Bis zu diesem Augenblick war ihr Mörder immer allein gekommen. Es war ein Mann, der irgendwann kam, aber immer zu unerwarteter Zeit, er überraschte sie an der Haustür, wenn sie gerade Milchflaschen hinstellte, oder in der Diele zu einer Stunde zwischen Tageslicht und Dämmerung, und seine Hand tauchte zwischen den Stäben des Treppengeländers auf, wenn sie hinaufging, um sich ins Bett zu legen. Jetzt waren es zwei. Einer der

Männer – es spielte keine Rolle, welcher – sprach mit ihr. Er sagte:

»Gibt es ein Theater hier in der Nähe?«

»Ja, Sie biegen links ein und noch mal links und dann rechts.« Die Lüge kam ihr leicht über die Lippen und klang überzeugend, nur nicht für die beiden Männer, die gekommen waren, um sie zu ermorden. Sie gingen auf die List ein, gaben vor, ihr zu glauben, dankten ihr für die Auskunft und fuhren weiter. Sie rannte in die Einfahrt eines Nachbarhauses. Dieses Haus hatte keine Klingel und keinen Türklopfer, da war nur ein matt verchromter Briefkasten, wie sie heutzutage üblich sind. Sie hob die schwere Klappe hoch und ließ sie zurückfallen, es machte einen höllischen Lärm. Als nicht gleich geöffnet wurde, gab sie die Hoffnung auf, daß ihr je geöffnet werden würde, und beschloß, die Straße zu überqueren und sich zu verstekken, vielleicht auf der Veranda oder in der jämmerlichen Hecke. Sie ging mit großen, selbstsicheren Schritten. Während sie die Straße überquerte, wurde die Nacht zum Tag, und die Dunkelheit wich dem Licht. Doch das war keineswegs eine Lösung, sondern ließ sie nur eine noch schlimmere Ungeheuerlichkeit erkennen. Ihr Haus hatte eine andere Hausnummer. Oder vielmehr fast ihr Haus. Sie kannte es, obwohl sich sein Aussehen in mancher Beziehung unheimlich verändert hatte. Die beiden halben Bierfässer zum Beispiel waren weg, und damit auch die Geranien; der Farbanstrich war dunkel und blätterte ab, aber es war dennoch ihr Haus, sie kannte ja seine Lage genau. Es trug jetzt die Nummer 104, das Haus daneben war Nummer 7, und das dahinter Nummer 33. (Die richtigen Hausnummern waren 37, 39 und 41.) Alle Ordnung war von der Straße verschwunden. Auch die Nummern waren von anderer Art. An jedem Tor war eine glänzende goldene Beschriftung. Im wirklichen Leben waren die Nummern schwarz über einer Lünette und schwer zu erkennen. Leuchtend goldene, bronzene Unwahrheiten. Alle Häuser waren ein wenig anders, aber nicht so anders, daß sie nicht jedes einzelne wiedererkennen konnte. Das farbige Glas über ihrer Tür war unleugbar ihres. Ein Haus, das eine schimmernd weiße Fassade hatte, war von Efeu überwuchert, und in einem Garten, in dem zwei Magnolien standen, wuchs jetzt ein ganz anderer Baum, ein verkrüppelter kleiner Baum, der keine Aussicht hatte, je zu blühen, und mit Teer beschmiert war, um die Stellen zu verbergen, an denen er gestutzt worden war. Sie war auch nicht allein. Man hörte Schulkinder in einem Garten hinter einem Haus, wo sie jeden Tag spielten und oft ihren Gedankengang störten, und weiter oben, im letzten Abschnitt der Straße, kamen zwei Männer mit leeren Kohlensäkken über der Schulter aus einem Haus heraus. Sie hörte die Kinder singen: »Dornröschen war ein schönes Kind, schönes Kind ...«, und sie roch den Geruch, der immer von Kohlenwagen ausging und von dem sie einmal festgestellt hatte, daß es eine Mischung von Fischöl und Kohlen war; sie sah auch die Männer, ihre mit Kohlenstaub verschmierten Gesichter, jeder mit einer hängenden Schulter, weil sie die Gewohnheit hatten, die schweren Säcke immer gerade auf einer Seite zu laden. Erst hörte sie ihn, dann sah sie den grünen Ford, der wieder in die Straße einbog, und sie wußte, daß sie gekommen waren, um sie zu schnappen. Zwar war es absurd, aber daß sie die beiden angelogen hatte, verlieh deren Tat eine größere Berechtigung. Sie konnte nicht gehen und nicht rennen. Ihre Knochen waren zu Wasser geworden. Sie zog ihren Mantel fest um sich und steckte die Hände, ihre wabbeligen Hände, in die Taschen, um sie zu schützen. Es war hellichter Tag, und es gab Zeugen, aber nichts von alledem half. Sie hatten ihren Tod nicht zu verantworten. Es waren Kinder, die ihre eigenen Ängste hatten, und Arbeiter mit ihren eigenen Kümmernissen. Gar keine Hilfe. Der grüne Wagen hielt genau an der Stelle, wo sie stand, die beiden

Männer stiegen aus, jeder an seiner Seite, und verloren keine Zeit.

Willa McCord wachte auf und preßte sich an die Messingstäbe ihres Betts. Im Traum war sie gerade an allen möglichen Stellen aufgeschlitzt worden. Sie begann sofort, den Schlaf abzuschütteln. Ein höchst schwieriges Unterfangen. Ihre Augen waren offen, aber sie schlief noch, das heißt, ihr Körper schlief noch. Es war, als ob er und ihre Glieder in eine Gruft des Schlafes gesunken seien, und aus ihr herauszukommen erforderte Wanderungen durch Strecken mit weniger und immer weniger Schlaf. Sie versuchte es mit all ihrer Kraft und zwang ihre Beine und Hände, eben die Gliedmaßen ihres Körpers, aufzuwachen. Zuweilen tauchte drohend die entsetzliche Angst auf, sie könnte wieder in die Gruft zurückgezogen werden, und es war zugleich ein Schrecken und eine Lösung, aber voll Entschlossenheit focht und kämpfte sie, bis sie schließlich ganz wach und wieder im Besitz ihrer Geisteskräfte war. Aus einem Mundwinkel rann ein wenig Speichel, und sie nahm nur etwa ein Sechstel des Doppelbetts ein, so zusammengekrümmt war sie. Sie schaute sich um; furchtsam, denn sie erwartete, jemanden oder etwas neben sich im

Bett zu finden oder darunter. Aber nichts war da, nur das leere Bett, der untere Teil des Lakens war glatt, die grüne Halskette hing wie ein Rosenkranz an einem der Messingpfosten, wo sie sie am Abend, als sie sich auszog, hingehängt hatte.

»Es ist alles in Ordnung, es ist alles in Ordnung, es ist alles in Ordnung«, sagte sie, jetzt hellwach. Sie wischte sich den Speichel zuerst mit dem Handrücken ab, dann drehte sie das Gesicht nach unten und fuhr damit über den Kopfkissenbezug und sagte:

»Kein Grund zur Panik, ich bin kein Kind, ich bin nicht bei Herodes, ich habe keine Angst. Ich bin kein Kind, ich bin nicht eingesperrt, ich habe keine Angst, ich bin nicht tot, ich sterbe nicht, ich werde nicht verfolgt, ich habe nichts Unrechtes getan, ich habe keine Angst.«

Sie sagte diese Wörter rasch, gedankenlos, als ob es sich um ein Gebet oder das Einmaleins handele. Und das waren sie tatsächlich geworden. Alte Wörter, oft gesagt. Sie streckte die Hand durch die Messingstäbe ihres Betts und hob den Vorhang an, um die Zeit festzustellen. Tageslicht. Von der Morgenröte angehauchte Bergketten am Himmel. Sie weinte fast vor Erleichterung. Eine allzu rote Sonne am äußersten Ende der Erde, darüber wahllos gefärbte

Flecken wie vergossenes Blut auf dem Gemälde eines Kindes, und weiter oben rosa Streifen in immer hellerer Tönung, so daß der letzte rosa Rand unmerklich in das gewaltige Seidenpapier des weißen Himmels überging. Sie betrachtete die aufgehende Sonne an dem vernünftigen Himmel, als ob sie sie zum erstenmal in ihrem Leben sähe – oder zum letztenmal. Die U-Bahn fuhr vorbei, die Halskette am Bettrand klirrte, und ihr Klirren hielt einige Sekunden länger an als das Geräusch der U-Bahn. Normales Leben. Sie dankte Gott und machte sich dann selbst Vorwürfe über einen so unlogischen Traum. Wo war Patsy? Wo war Tom? Und der Reserveschlüssel, den sie für eben einen solchen Notfall unter einem Stein versteckt hatte? Wo waren all die gewohnten Dinge, und warum hatte sie nicht rennen können? Warum hatte ihr Körper sie so im Stich gelassen? Warum hatte sie das Verhängnis seinen Lauf nehmen lassen? Sie legte sich wieder hin und streckte sich in der Hoffnung, daß sich das schmerzende Knäuel in ihrem Magen entwirren würde. Wenn sie nicht gewußt hätte, daß es unwahrscheinlich war, hätte sie geschworen, daß Frost herrschte. Sie zog sich die Decken bis zum Kinn herauf. Frost im Oktober. Alles ist möglich. Einmal ist sie an einem Sonntagabend im Mai vom Schnee überrascht worden, als sie mit ihrer Mutter, die irgendeinen Kummer hatte, über eine Wiese wanderte. Sie gab sich alle Mühe, an den Schnee zu denken, ohne ihn mit irgendwelchen Erinnerungen an Menschen zu verbinden. An sanft fallenden Schnee zu denken, der manchmal von der Seite weht und scheinbar nicht vom Himmel, sondern aus einem irdischen Bereich kommt, manchmal als einzelne, erkennbare Kristalle fällt und manchmal als dichtes Gestöber, das sinnlos die Erde unter sich begräbt. Zuweilen hart, dann ist es Hagel; zuweilen weich, dann sind es Blüten; Blüten oder Schnee, die auf einem nach unten wachsenden schwarzen Ast liegen, fallender Schnee, fallende Federn, fallende Brotkrumen, fallende Blüten oder was immer es sein mag, das zwanglos und reichlich und wohltätig auf eine abstrakte, freie, leere, horizontlose Welt herabfällt. Wie Manna. Es gelang ihr, ihre Gedanken zu beschwichtigen, und allmählich lockerte sich der Knoten, und nachdem sie die Decken fest um sich gestopft hatte, war ihr bald wieder warm.

Um acht hörte sie Schritte auf der Treppe, nicht das eigentliche Auftreten auf jeder Stufe, sondern das Knarren des Holzes. Es war eine Eichentreppe, die sie extra hatte einbauen lassen, und ihrem eigenen Aberglauben zum Trotz hatte sie gebeten, große Abstände zwischen den Geländerstäben vorzusehen. Dann ging er durch die Diele, und sie wußte, daß sie nichts mehr hören würde, denn er machte die Tür leise auf und schloß sie von draußen ebenso leise: er zog sie heran, bis der Schnäpper den Türsturz streifte, dann steckte er den Schlüssel hinein, drehte ihn und hielt ihn fest, bis der Schnäpper im Schloß verschwunden war, dann ließ er den Schlüssel los, so daß der Schnäpper leise an der richtigen Stelle einrasten konnte. Wie ein Dieb. Sie lächelte, als sie an seine Rücksichtnahme dachte, wie lieb von ihm, und daß er es nie vergaß. Jetzt war es schon über ein Jahr, und nie war er die Treppen eilig hinuntergegangen und hatte die Tür zugeschlagen. Wenn sie schlief, weckte er sie nie, und wenn sie wach war, fiel er ihr mit seinem Weggehen nicht auf die Nerven.

Und ohne Frühstück. Das nahm er in einem Café unterwegs ein – zwei Eier, vier Scheiben Speck und eine Scheibe Brot, gebraten. Abends erzählte er Patsy, wieviel es gekostet hatte, und sagte, in Zukunft wolle er zu Hause frühstükken, aber er bekam es nie.

»Lieber, lieber Tom.« Sie lächelte wieder über seine Rücksichtnahme. Seit Tom und Patsy hier waren, gab es in ihrem Leben eine neue Ordnung, wirklichen Frieden. Sie war glücklich, als sie an den bevorstehenden Tag dachte:

es würde sonnig sein, sie und Patsy würden mittags ein Glas Wein trinken und irgendeinen Grund zum Feiern finden. Die Arbeit vergessen, die Vergangenheit, die Gegenwart, die ganzen törichten Auswüchse von wirklichem oder befürchtetem Jammer. Der Gedanke an diesen glücklichen Tag entrollte sich vor ihr, und wie bei einem Akkordeon, aus dessen Balg, wenn es geöffnet wird, ein ersterbender Ton aufsteigt, so zitterte ein wenig des schon empfundenen Glücks in ihr.

Seine Frau Patsy lauschte ebenso aufmerksam, aber aus einem ganz anderen Grund. Dann sprang sie auf. Es war nichts dabei, ihre Sachen zu nehmen – was sollte er schon mit Röcken und Damenschuhen und Korsetts anfangen? Schwierig war es mit dem, was ihnen beiden gehörte. Photos von der Hochzeit, Vasen. Das Kaffeegeschirr! Hübsche Tassen, nicht zu klein, mit einer blauen Blume auf dem weißen Porzellan. Eine schöne, große Kanne, ein passender, aber kleinerer Krug. Teilen? Das wäre nicht recht. Weder das eine noch das andere. Schade, daß sie es überhaupt geschenkt bekamen. Dann brauchte sie sich jetzt nicht den Kopf zu zerbrechen, wem es gehört. Besitz ist eine Plage. Sie begann, die Tassen in Zeitungspapier einzuwickeln, dann hörte sie auf. Lieber erst andere Dinge einpacken und sehen, wie es mit dem Platz aussieht. Sie stand vor dem Kamin, dem Photo gegenüber. Sie waren so jung. Zwei Schwachköpfe! Grauenhaft sah sie aus. Hatte sich am Tag zuvor von einem der Mädchen eine Heim-Dauerwelle machen lassen. In der ersten Nacht, da war er die ganze Zeit im Gange gewesen und hatte sie dauernd geweckt. Wie wenig sie wußte! Nichts. Wir wissen gar nichts, wenn wir anfangen. Wann ist es schiefgegangen? Eigentlich ist es nie richtig gegangen. Daß sie ihn überhaupt geduldet hatte, lag daran, daß er sie immer so nett vom Tanzen nach Hause gebracht und aus einem Automaten Milch für sie gezogen hatte. Sie hatte gesagt, es sei ein Sanatorium, wo sie arbeitete, aber nicht erwähnt, daß es für Unheilbare war, das hätte ihn vielleicht aufregen können. Hat sie nie angerührt, außer beim Tanzen, da versuchte er's durch die Jackentasche. Aber das taten sie alle. Kleinigkeiten, die sie nicht bemerkt hatte, wenn sie zusammen ausgingen, merkte sie, sobald sie ein Zimmer teilten. Das Geräusch, das er beim Schlucken machte, seine stinkenden Füße! Sag mir, wenn du kommst. Gab ihr überhaupt keine Gelegenheit. Zwei Minuten, nachdem er drin war, raste er los. Ist er groß genug für dich? In den ersten paar

Monaten war's ganz gut, erträglich. Kein Zeichen, daß sich irgendwas tat. Die Arbeitskollegen zogen ihn auf. Mit dir muß was nicht stimmen, sagte er dann. Warum mit ihr? Immerhin muß er es gespürt haben. Die Arbeitskollegen nannten die Dinge beim Namen. Das war der Grund, warum er so geltungsbedürftig wurde. Schönen Unsinn hat er von einer Fernsehansagerin erzählt, der es nicht im Traum einfallen würde, sich irgendwo mit ihm zu zeigen. Er spürte es. Ruppig in seinem Ton, und dann lauter Entschuldigungen. Putzte ihr die Schuhe für sonntags, und als sie damals mit Rippenfellentzündung im Bett lag, brachte er ihr vier Schokoladenkuchen mit. War selbst gern elegant – neue Schuhe, Flanellhosen, ein Blazer mit Messingknöpfen. Ein Kind! Aber Kinder müssen mit anderen Kindern zusammen sein. Ein Mann, der über fünfundzwanzig ist, mußte aufhören, herumzuschittern. Hat keinen Zweck, zu fragen, was es zum Tee gibt, es ist ganz unwichtig, was es zum Tee gibt. Du wärst sowieso nicht glücklich gewesen. Hat ihm alles mißgönnt, sogar ihre Gedanken, hat ihn ausgeschlossen, über irgendwas gelächelt, und wenn er fragte, worüber, dann hat sie nichts gesagt oder höchstens: »Geht dich nichts an.« Jede Minute war eine Quälerei, genau das war es, und Gemeinheit und Bitterkeit. Teuflisch.

Manchmal bettelte er. Kam von der Arbeit nach Hause und bettelte und war dreckig, wie es kein Mann sein dürfte. Und dann die Launen. Und wenn er nicht maulte, dann weinte er. Hatte es gern, wenn man ihn anpfiff. Vererbt, höchstwahrscheinlich. Vater verbrachte sein Leben im Bett und ließ sich wegen seines Ekzems mit Pferdesalbe einreiben. Kein Gefühl für andere. Als der Neger bei der Arbeit tödlich verunglückte, hat er nicht mit der Wimper gezuckt, hat weder die Witwe des Negers besucht noch sonst was. Hat einen Witz darüber gemacht. Ein Teil Menschlichkeit geht ihm ab. Es lag auch nicht daran, daß es ein Neger war. Kein Schiet dieser Art. Jeden Abend Fernsehen geguckt. Auf die Uhr geschaut, wenn sie aus dem Haus ging, um eine Tüte Chips zu holen. Die unzähligen Pullover, die sie gestrickt hatte. Und fünf kleine Teppiche geknüpft. Das war keineswegs natürlich. Willa legte die Teppiche nicht auf den Boden und sagte, sie habe lieber Felle. Wie Tiere lagen sie überall im Haus, weiße Fellteppiche, sahen aus, als ob sie atmeten. Willa zog die Schuhe aus und stellte sich barfuß drauf, Willa war nicht normal. Vielleicht werden die beiden es miteinander treiben, wenn sie weg ist. Auf Teppichen. Wie im Dschungel. Es war grausam, so ohne Warnung wegzugehen, aber Weichherzigkeit war jetzt nicht am

Platz. Konnte es aushalten, bis der andere auf der Bühne erschien, aber seitdem war es widerlich. Konnte die beiden immer nur vergleichen. Zuerst war dadurch alles leichter. Glück. Wo immer sie auch hinging, sie dachte an ihn. Diese Seligkeit. Ihre Haut blühte auf, es brachte bestimmt einige Vorteile mit sich, besser als Willas Gesichtsmassagen. Sie ging auch nicht mehr hoch, wenn Tom davon faselte, daß er der Jüngste in der Armee gewesen war und der Präsident kam und ihn zu seiner Tapferkeit beglückwünschte. Tapferkeit! Tee kochen und den Kameraden bespitzeln, der die Masche mit dem Schaf hatte. In Kildare war es, in Irland, ein ödes Land, von Schafen bevölkert. All diese Faselei von bevorrechtigten Kinobesuchen und Truppenübungen. Kam davon, wenn man keinen Vater hatte. Entsetzliche Gefahren sind damit verbunden, ein Kind zu sein. Auch über seine dreckigen Gewohnheiten hat sie hinweggesehen, etwa das Pissen auf die Kohlen im Schuppen. Wenn Willa das wüßte! Herausgefunden hat sie es überhaupt nur, weil sie einmal spätabends Kohlen holte und sah, daß sie glänzten. Sagte, das müsse eine Katze sein, denn selbst viele Mäuse könnten nicht solche Mengen pissen. Tom fing an zu lachen wie ein Kind, und sie muckste sich nicht und ließ Willa in dem Glauben, es sei eine Katze gewesen. Hat keinen Zweck, zu ehrlich zu sein. Die Welt will betrogen sein. Arbeitskollegen hatten Teile des Kinsey-Reports dabei, lose Blätter, aus irgend jemands Buch herausgerissen. Er brachte sie mit nach Hause. Sagte: »Da sind ein paar Stellungen dabei, die könnten wir nachmachen.« Sie hütete sich, ihm ins Auge zu sehen, falls er ihr Geheimnis erraten würde. Sie und Ron konnten es besser als jeder Kinsey-Report. Danach hatte sie dann diesen entsetzlichen Traum von ihm in der Badewanne, und sein Pimmel schrumpfte, und er schrie, sie solle ihm helfen, und sie versuchte es und konnte es nicht, weil ihre Hände vom Wasser so glitschig waren, und sie sagte: »Sitz still, sitz still, du Mistkerl«, und er kreischte und schrie. Schlechtes Gewissen, wahrscheinlich. Dämliche Träume gibt's. Sie hat die Hand ausgestreckt, bloß um sich zu vergewissern, ob er ganz da war, und er wird wach und glaubt, es sei was anderes, und legt sich auf sie. War er groß genug? Er wußte doch ganz genau, daß es keine Frage der Größe war. Aber nichts von alledem war noch wichtig, seit sie den anderen Mann hatte. Sah es als ihre Pflicht an und strickte im Geist und stellte Listen fürs Einkaufen zusammen. Auch schlechtes Gewissen, daß sie beim Auto nachgab. Wie ein Kind war er an dem Abend, als er es herbrachte und dauernd die Straße rauf und runter fuhr. Sie mußte sich hineinsetzen. Willa mußte sich hineinsetzen. Er pfiff und sang verschiedene Liedertexte nach derselben Melodie, und dann machten er und sie eine Spazierfahrt, als der Verkehr nachgelassen hatte, und er sagte: »Das ist es, was ich immer gewollt habe.« Sie freute sich für ihn, daß sich sein Wunsch erfüllt hatte. Am nächsten Tag kaufte er ihr den Ring. Sündhafte Verschwendung. Ein bißchen eng war er. Das Pendant dazu lag im Schaufenster auf der High Street. Vier Pfund zehn. Eine plötzliche Gefühlsanwandlung ließ sie in einen Laden stürzen und ihm einen Lenkradbezug kaufen. Roter Baumwollsamt. Legte ihn ihm um den Kopf wie einen Reifen. Tränen in den Augen, so dankbar war er. Schlug mit Suppenlöffeln den Takt von irischen Melodien. Stolzierte einher. Hätte ihm kein Geschenk machen und ihn nicht in dem Glauben lassen sollen, es sei alles in Ordnung. Den Ring würde sie dalassen. Er konnte ihn versetzen. Sie wusch sich die Hände, damit er leichter abging, und legte ihn in die Seifenschale. Der Stein funkelte richtig, wenn er naß war. Zumindest ein Vier-Pfundzehn-Funkeln! Geschäftliches ließ sie auf dem Kaminsims liegen, wo er es leicht finden konnte – die Fernsehgenehmigung und die Autoversicherung. Er würde in Ohnmacht fallen, aber drüber wegkommen. Auch seine Manschettenknöpfe legte sie da hin, falls er was Besonderes vorhatte – zum Beispiel zum Rechtsanwalt gehen. Sie waren ein Geschenk von Willa. Mattes Silber, Klasse. Sie hatte sie sich oft ausgeliehen. Jetzt würde sie sie nicht mehr ausleihen. Oft wollten sie sie, wenn sie beide ausgingen, anziehen, und dann gab er immer nach. Armer Tom. Komisch, daß eine solche Kleinigkeit so schmerzlich ist. »Das ist eine Drossel«, sagte er einmal, als er einen Vogel hörte. »Amsel«, sagte sie. »Ich meine ja eine Amsel«, sagte er dann. Wußte tatsächlich alles über die Natur, aber das war nicht der springende Punkt. Er hatte keine eigene Meinung. Schloß sich jedermanns Ansicht · an. »Ich werde dem Hund den Schwanz abschneiden«, sagte er zu einer Frau weiter unten auf der Straße. Die Frau dachte, er hat nicht alle Tassen im Schrank. Dämliche Sachen sagte er: »Machen wir doch eine Reise in den Süden«, oder: »Ich glaube, ich werde übers Wochenende nach Paris fahren.« Aber großartig mit Kindern. Kam gut mit Kindern aus. Spielte mit ihnen und machte Kunststücke mit Pfennigen in Coca-Cola. Nicht gut mit Leuten, darum gingen sie auch nie aus. Machte sich regelrecht lächerlich an dem ersten Abend, als sie Ron trafen. Spielten Pfeilwerfen. Tom faselte wieder. »Es gibt fünfzig Möglichkeiten, einen Mann mit einem einzigen Schlag zu töten.« Demonstrierte es an einem Bleistift. Der brach mittendurch. Sie bückte sich und fischte eine Hälfte aus dem Sägemehl auf dem Fußboden heraus, und Ron bückte sich auch und hob die andere Hälfte auf. Sie stießen fast mit den Stirnen zusammen. In dieser Stellung fragte er, welche Zigarettenmarke sie gern raucht, und dann ging er hinüber und holte ihr ein großes Päckchen ihrer Lieblingsmarke. Tom sagte nach nur einem Drink, es sei Zeit, nach Hause zu gehen. Ron sagte Guten Abend, als sie hinausging. Das hätte das Ende sein können, aber sie war irgendwie vom Teufel geritten. Ging ein paar Abende später wieder in die Kneipe, fragte nach seinem Namen, erzählte ein Märchen, daß er mit ihrem Mann gewettet habe, wer die nächsten Wahlen gewinnt. Wochentags kam er nie, aber jeden Freitagabend. Freitag saß sie dann da, ganz gelassen und gleichgültig, von Kopf bis Fuß sauber angezogen; Hosenkorselett, hatte ein Heidengeld gekostet, Sommerkleid, vorn geknöpft, Sandalen. Er war nicht überrascht. »Wie geht's Ihrem Mann?« – »Danke, er hat Nachtschicht.« – »Was wollen Sie trinken?« – »Rum und Coke.« – »Das ist eine komische Mischung.« – »Ich bin auch eine komische Mischung.« Damit fing es an. Unterm Tisch, bis die Getränke kamen. Ein neues Kleid. Gut die Hälfte der Knöpfe war ab.

Werden in den Fabriken nicht fest angenäht. Verabredung für nächsten Freitag. Immer freitags. Sie hatte vorgesorgt. Erst Drinks mit einigen seiner Kumpels. Eines Abends konnte sie nicht warten. Sie platzte, und er auch. Sie warfen sich einen Blick zu. Zum Teufel mit seinen Kumpels. Sie würden gleich wiederkommen, er bestellte zwei halbe Liter und Gin und Orangensaft für die Dame. Die Kneipe voller Krach und Gerede, die Leute kicherten, als sie hinausgingen. Dicht an ihm, sein Serge-Anzug war warm und rauh. Eine kleine Gasse in Peckham Rye. Schönes, schönes Peckham Rye. Was war sie glücklich, glaubte nicht, daß es je einen nächsten Tag oder eine nächste Minute geben würde. Polizist schleicht heran: »Wißt ihr eigentlich, was ihr da treibt?« Und ob, Name und Adresse werden verlangt. Gab seine eigene an. Mutig, wo er doch Frau und Kinder hat. Hat auch nicht gestottert. Wochenlanges Zittern. Aber es kam nichts. Mußte nachher hinein und sich auf der Damentoilette mit einer Menge Klopapier abtrocknen, dann ein Spritzer französisches Parfum aus dem Automaten und hinaus zum Gin und Orangensaft und neuem Treiben. Kam nach Hause und mußte einen Haufen Lügen erzählen. Eine Lüge reichte nie. Vier Monate ging's so. Dann war's vorbei. Kommt immer anders, als man denkt. Glaubte, es würde jahrelang so weitergehen, die Lügen, der Nervenkitzel, Gastwirtschaften an Sommerabenden, zum Beispiel Sansibar, die Tage dazwischen lang wie Monate, Waschen, Bügeln, früh ins Bett, alles unerträglich bis auf die Briefe an ihn. Die Kumpels glaubten, sie seien vom Toto. Dann die Sache, daß er aus der Wohnung geworfen wurde. Ab nach Liverpool. Bessere Unterkunftsmöglichkeiten. Saubere Luft. Ihm fehlte Irland. War mehrere Jahre dort Reitknecht gewesen, ging aber weg, um zu heiraten. Mußheirat. Schon im fünften Monat. Heiratete in Lent. Drei Kinder inzwischen. Frau und Kinder vorläufig nach Shropshire zu Verwandten geschickt. Abgeschoben. Ein weiteres ist sicher unterwegs, obwohl er es nicht gesagt hat. Moralisch!

»Du könntest ja mitkommen«, hat er gesagt.

»Fordert man so eine Frau auf?« Erörterten Mittel und Wege, wie er sie dazu bringen könnte. Alles beschämend. Sein Gesicht wurde so rot wie sein Haar. Ungeschickt im Reden. Nur im Bett und wenn er angespornt wurde, nicht schüchtern. Dann stotterte er nicht. Stotterte manchmal in unerwarteten Augenblicken, zum Beispiel im Bus oder wenn er etwas zu Trinken bestellte. Aber nie, wenn er kam. Sie mußten der Sache also ins Auge sehen. Waren sich einig, daß sie sich trennen müßten, stellten aber zu guter Letzt fest, daß sie es nicht könnten. Liverpool soll Sansibar werden. Er würde vorausfahren, sich im Hafen Arbeit suchen, ein Zimmer besorgen, ein Bett, und was wollten sie mehr? Die Suppe, die sie sich eingebrockt hatten, würden sie zusammen auslöffeln. Ein herrlicher Plan. Er sollte an einem Freitag fahren und sie eine Woche später. Sie saßen nebeneinander auf einer Parkbank.

»Jetzt will ich dich küssen«, sagte er und tat es, dann schob er sie nach unten, und aus lauter Gewohnheit zog er ihr Kleid hoch und steckte ihn rein, und ganze fünf oder zehn Minuten waren sie der Gefahr einer strafrechtlichen Verfolgung ausgesetzt. Sie hatte nicht vorgesorgt. »Was würden wir tun, wenn was passiert ist?« fragte er. »Glaubst du, es würde rotes Haar haben?« sagte sie, um ihn zu necken. Er schämte sich seines roten Haars und wollte Schuhwichse draufschmieren. Sie brachte ihn zum Bahnhof und schenkte ihm eine kleine Flasche Whisky als Reiseproviant. Sagte, sie wünschte, sie könnte mitfahren. Sie wünschte es auch, nur hatte sie noch einiges abzurechnen. Sie haßte Reisen; hinausschauen und sich die Gegend ansehen, was es da gab – Schornsteine, Fußballplätze voller Wasser, Felder, Tiere? Immerhin, mit ein paar Gins und einer Ladung blöder Zeitschriften würde sie es hinter sich bringen, vielleicht ein bißchen schlafen, denn sie waren die halbe Nacht wach gewesen. Sie war noch am Packen, da hörte sie auf und begann mit den Briefen. Sie war verflixt nervös. Ein sicheres Zeichen, wenn sie etwas anfing, ehe das andere fertig war. Die Briefe waren das Schlimmste.

»Lieber Tom, ich gehe endgültig weg. Ich habe darüber nachgedacht, und wir passen nicht zueinander. Nicht, daß ich Dich hasse oder dergleichen, nur liebe ich Dich nicht, und wie wir leben, das ist unehrlich. Es gibt keinen anderen. Nimm es nicht zu schwer. Nächstes Jahr bist du drüber weg.   PATSY«

»Liebe Willa, ich gehe weg. Ich habe an meine Schwester geschrieben, und sie hält es für das beste, ich habe auch an meine Mutter geschrieben, aber nichts gehört. Tom weiß es nicht, aber jetzt wird er's wissen. Er wird Ihnen helfen, so weit er kann, bis Sie jemand anderen bekommen. Er ist geschickt bei der Gartenarbeit, das Gras zwischen den Steinen herausreißen und dergleichen. Ich möchte etwas für Sie tun, um es Ihnen zu vergelten, aber das wird erst später sein können. Ja, Willa, ich hoffe, Sie können das alles lesen, und versuchen, mir zu verzeihen. Ich werde mich nun nie bessern.   PATSY«

Sie klebte die Umschläge zu, denn wenn sie

sie immer wieder gelesen hätte, wäre sie in Versuchung, Wörter zu ändern, und Wörter zu ändern war Irrsinn. Das Kaffeegeschirr ließ sie da. Zum Teufel damit. Vielleicht würde es bloß zerbrechen, wenn sie es von einem Ort zum andern schleppt. Könnte auch in seiner Bude fehl am Platz sein. Sie hatte einen Brief bekommen. Adressiert an jemanden, der Josephine O'Dea hieß. »Wer ist Josephine O'Dea?« fragte Willa. »Weiß der Himmel«, bekam sie zur Antwort. Wundervoll, die Macht der Erfindungsgabe. Er nannte sie Liebling. Er hätte sie egal wie nennen können, denn niemand wußte es. Sie riß die Adresse ab, falls er sie am falschen Zug erwartete. Obwohl sie fahren würde und schon fast gepackt hatte, konnte sie sich nicht vorstellen, daß sie in Liverpool aussteigen und von ihm abgeholt werden würde. Bis dahin konnte sie sich alles vorstellen, aber es war zu herrlich, um sich auch das noch auszumalen! Sie schloß den Koffer und schob ihn mit dem Fuß unters Bett; dann ging sie die Treppe hinunter und summte vor sich hin, als ob es ein ganz gewöhnlicher Morgen sei.

Punkt neun Uhr brachte Patsy das Teetablett. Sie stellte es auf den Nachttisch und ging zum Fenster, um die Vorhänge aufzuziehen, eine Obliegenheit, die sie geräuschvoll erledigte. Damit Willa auch bestimmt aufwachte. Einmal hatte sie eine Verlegenheit hervorgerufen, als sie Willa noch schlafend fand, die aber ihre Decken zurückgeschlagen hatte. Seitdem kam sie immer mit Krach herein und machte verschiedene Geräusche, ehe sie die Vorhänge aufzog und das Tageslicht hereinließ.

»Es ist Zeit«, sagte sie barsch mit dem Rükken zum Bett.

»Ja?« fragte Willa, obwohl sie genau wußte, wie spät es war. Wie es ihre Gewohnheit war, stand Patsy am Fenster, schaute hinaus in den Garten und machte Bemerkungen über das Wetter.

»Es ist warm«, sagte sie. Willa setzte sich auf und schaute auch hinaus über den Garten zu dem dahinterliegenden. Zwei gutgepflegte Rasenflächen. Eine niedrige Mauer zwischen ihnen. Die Rasenflächen lagen im Schatten großer Bäume, waren im Schatten und mit Tau bedeckt, die Geräusche der Stadt kamen von irgendwo dahinter, aber angenehm, als ob der Lärm ausgewählt gefiltert und sorgfältig übermittelt worden wäre. Ein ruhiges Leben. Eine erbauliche Aussicht. Keine Gaskamine zu sehen, Rasen, mit Perlen bestickt. ›Ja, ich hab's gut‹, dachte sie und langte nach einer Wolljacke, um sie sich über die Schultern zu legen.

»Ich hatte einen Albtraum«, sagte sie mit schwacher Stimme vor lauter Selbstmitleid.

»Die Sauce war zu schwer, ich wußte es ja«, sagte Patsy, drehte sich um und schaute ihre Chefin an – blasses Gesicht, große graue Augen, langes blondes Haar, ein wenig fettig, eine noch ziemlich junge Frau, aber ein Wrack. Blaß und bedrückt. Bereit für ein Dulderdasein!

»Was zum Teufel ist los mit Ihnen? Sie sehen aus wie 'ne Vogelscheuche«, sagte Patsy. Ihr Mitgefühl kam immer in Grobheiten zum Ausdruck.

»Nichts«, sagte Willa. Sobald Trost in Reichweite war, war es nicht mehr nötig, auf die Tränendrüse zu drücken. Patsy erkundigte sich nach dem Albtraum. War überglücklich, daß es sich nur um falsche Hausnummern gehandelt hatte. Sie zuckte die Schultern und sagte, es gebe schlimmere Dinge auf der Welt als das, und Willa stimmte ihr zu.

»Wir könnten heute die Mauer tünchen«, sagte Patsy. Die Mauer zwischen den beiden idyllischen Gärten war grau, und zuweilen beklagte sich Willa über das Grau. »Könnte Ihnen guttun, frische Luft zu schnappen«, sagte sie, aber sie dachte: ›Könnte mir notfalls einen raschen Rückzug erleichtern.‹ Willa ging eine Zeitlang nicht ins Atelier. Sie hatte mächtig an einem Fenster gearbeitet, und die Konzentration hatte sie angegriffen. Es sollten Wolken in einem Fenster sein. Eher wie Klumpen.

»Jedenfalls werden wir damit anfangen«, sagte Willa.

»Wir werden damit anfangen und auch fertig werden«, sagte Patsy. Mit ihrer Energie knauserte sie nie.

»Woher wissen Sie, daß es die Sauce war?« fragte Willa mit einem leisen Lächeln. Auf Patsys Meinung legte sie Wert. Patsy, die Mutter ohne Kind, die ständig arbeitete und sich Gedanken machte, für Tom und Willa zu sorgen hatte, ein Haus sauberhalten, Bestellungen aufgeben, Papierservietten für das Frühstück kaufen und leinene für das Abendessen bügeln mußte; Patsy, die hunderterlei eigene Pläne hatte. Und auch erfindungsreich war. Zum Beispiel, als sie die Fasanenfedern in einen irdenen Krug stellte und ihre Enden in eine gekochte Kartoffel steckte, damit sie nicht umfielen. Patsy, die das Leben vereinfachte, Speck briet, Karten spielte, Eier schwungvoll aufschlug, ausgestattet mit der Unverblümtheit eines Kindes – »Warum pissen Hunde so viel, wenn sie draußen sind?«

»Weil ich auch schlecht geträumt habe«, sagte sie tonlos.

»Die Pferdepilze?« fragte Willa leise. Patsy tat einen Schritt auf das Bett zu, ihr Gesicht belebte sich. Willa erinnerte sich auch an alles. In diesem Jahr hatten sie einander mancherlei erzählt, und wenn Willa »Pferdepilze« sagte, dann war Patsy weniger einsam in ihrer Welt. Sie biß sich auf die Unterlippe und runzelte die Stirn. Wogegen sie sich wehren mußte, war Vertraulichkeit. Das war nicht der Tag dafür.

»Von Ihrer Mutter . . .«, fragte Willa, aber auf taktvolle Weise. Nacht für Nacht mit Tom im Bett, betäubt von dem üblen Geruch seiner stinkenden Füße, träumte Patsy von ihrer Mutter und war wieder zurückversetzt in die großen Häuser, in denen ihre Mutter arbeitete, hauptsächlich für Junggesellen. Willa kannte das alles, hatte es stückchenweise im Laufe des Jahres gehört. Sie hatte niemals Photographien von Patsys Mutter gesehen, nahm aber an, daß sie sich in ihrer äußeren Erscheinung ähnelten: rundliche, kräftige Frauen, blaue Augen, hübsches Gesicht, krauses Haar, Arme wie Baumäste. Patsys Mutter brachte Souvenirs aus den großen Häusern mit, Zigarrenkisten, Kalender, abgeschilferte Perlen, die auf Besuch gekommene Damen zurückgelassen hatten, Fischstäbchen für Hemdkragen, Korsettstangen. Wozu? Um es in Schubladen zu legen. »Ich werde in ihren Testamenten berücksichtigt«, pflegte sie zu sagen. Kein Wunder. Ihre eigene Mutter an einer Wand zu finden, wie es Patsy passiert war, ihre eigene Mutter, den Rock bis zur Taille hochgeschoben, und der lange, dünne Wüstling von Junggeselle gebeugt, um ihn reinzustecken, und ihre Mutter sagt: »Warten Sie, Sir, warten Sie, bis ich die Asche ausgeleert habe«, und Patsy in Schuhen mit Gummisohlen schleicht sich heran und überrascht sie. »Was willst du?« fragt ihre Mutter. »Nichts«, sagt Patsy und verschwindet. So etwas vererbt sich. In jener Nacht schlief sie am Rande eines Kornfeldes und holte sich einen alten Trenchcoat von einer Vogelscheuche, um sich zuzudecken. Sie wußte, daß Suchtrupps unterwegs waren. Sie hörte ihre Stimmen, als sie über die Felder kamen und immer wieder ihren Namen riefen, den Lichtstrahl ihrer Laternen auf dunkle Winkel richteten, Stöcke in dunkle Dachsbauten steckten, wieder riefen und sie fanden, sie nach Hause trugen, ihre Mutter sie in den Arm nahm und sagte: »Nur ruhig, ruhig, ruhig«, Apfelbeignets und Vanillecreme zur Wiedersehensfeier. Nichts dergleichen. Sie schlief ein, während sie noch darauf wartete, daß sie kämen. Als sie aufwachte, war es Morgen, und ein Pferd atmete über ihr. Was für einen Schreck sie bekommen hat. Der Atem des Pferdes war warm wie der Atem eines Menschen; entsetzlich. Kleine Pilze waren über Nacht herausgekommen. Sie versuchte das Pferd für die Pilze zu interessieren.

»Schöne, gute Pilze«, sagte sie mit einschmeichelnder Stimme. Aber das Pferd atmete und schnüffelte weiter. Sie hob den Arm, um es wegzuscheuchen. Es stieß gefährlich mit dem Hals nach unten, stieß und schlug, als ob es den Verstand verlieren und sie zertrampeln würde. Seine Hinterbeine waren schon am Stampfen. Schließlich setzte sie alles auf eine Karte und begann, unter ihm herauszukriechen. Der schwarze Bauch des Pferdes umhüllte sie, als sie Zoll um Zoll weiterkroch und dabei für alle Fälle seine Beine im Auge behielt. Der Weg unter diesem hängenden Bauch war länger als alles, an das sie sich erinnern konnte. Als sie nach Hause kam, lag ihr Schulfrühstück neben ihrer Mappe auf dem Tisch. Brot und Zucker. Wie immer. An jenem Abend schnitt ihre Mutter ihr die Löckchen ab. Sagte, das Wetter werde wärmer, und es seien Nissen im Haar. Aber Nissen gab es auch in kurzem Haar. Ihre Mutter hielt sie hoch, die lange Haarsträhne mit der daran hängenden Nisse, die sich festklammerte, als gelte es das Leben, und schilderte die Entwicklungsgeschichte einer Nisse: »Neun Tage klammert sie sich ans Haar, dann verwandelt sie sich in eine Laus, setzt sich auf dem Kopf fest und legt sofort neue Nissen.« Der Nachschub war gewaltig. Allein bei dem Gedanken kribbelte einem die Haut, und man kratzte und kratzte, bis die Kopfhaut aufriß und man nie wußte, ob das bißchen Blut am Fingernagel das eigene oder das einer Laus war. All das hatte Willa aus ihr herausgeholt. In einer Beziehung kannte Willa sie besser als Tom oder Ron oder irgendein anderer.

»Nein, der andere mistige, als ich die Karotten falsch geschnitten habe«, sagte Patsy trotzig. Sie saß am Fußende des Bettes und beobachtete, wie sich der dünne Rand der Porzellantasse zwischen Willas Lippen schob.

»Arme Patsy«, sagte Willa. Arme Patsy. Jeder hat sein Kreuz zu tragen. Patsy, das Hausmädchen. In ihrer ersten Stellung mit Vierzehn hat sie die Karotten rund statt der Länge nach geschnitten. Eine Schande für die britische

Nation. Eine Beleidigung für die Arztfrau, für die sie arbeitete, sie mußte das Haus verlassen, nachdem sie mit dem Abwasch fertig war. Sie schrieb an die Königin von England und legte ein frankiertes, adressiertes Kuvert bei, und in ihrem Brief hieß es: »Ich kann nicht nach Hause gehen. Ich dachte, Sie sind vielleicht an einem Küchenmädchen interessiert.« Kurz und bündig. Nach sieben Tagen nahm sie die Arbeit in einem Heim für Unheilbare auf.

Es war der Himmel auf Erden. Sie bekam ein Dankeschön, wie klein auch der Auftrag war, den sie ausführte. Eine freundliche Atmosphäre. Unheilbare Menschen verlieben sich und betatschen einander unter buntkarierten Decken. Die hunderterlei kleinen Köder, die sie bei Laune hielten, etwa welche Suppe es am Sonntag gibt. Alle Büchsensuppen schmeckten gleich, aber trotzdem wollten sie wissen, welche Sorte es war. Willa ließ sich dieselben Geschichten immer wieder erzählen. Wie ein Kind. »Was haben Sie der Königin geschrieben?« fragte Willa.

»Sie wissen genau, was ich geschrieben habe.«

»Erzählen Sie es mir noch mal«, sagte Willa und reckte sich, bis ihre Zehen Patsys Oberschenkel berührten. Die Decken natürlich dazwischen. Patsy fand, es sei kein Tag, um zurückzublicken, sondern ein Tag, um vorauszuschauen.

»Wir werden Pinsel nehmen, Roller taugen nichts, sie gehen nicht in die Ecken, was wollen Sie zum Abendessen haben, ich meine zum Mittag, da ist noch ein bißchen Fasan übrig, diese Sauce war zu schwer, ich frage mich, ob er auch schlecht geträumt hat«, und sie lachte innerlich. Konnte Willa ja nicht den Traum von dem schrumpeligen Pimmel erzählen, gab ja keinen Mann in ihrem Leben außer diesem verrückten Herodes und dem kaffeefarbenen Ekel mit dem Armband und seinem Namen drauf. Auro noch dazu! Diese Frechheit. Und er ist nicht weiß. Sie konnte Willa sexuell nicht aufklären. Konnte von Träumen reden oder von längsgeschnittenen Karotten, aber nicht davon, es verkehrt herum zu machen. Komisch, und Willa glaubte, eine Frau von Welt zu sein.

»Armer Tom, er hat keine Tasse Tee bekommen«, sagte Willa, drückte mit den Zehen auf Patsys Schenkel und krallte sich mit ihnen fest – so wie sich die Füße der Hennen des Nachts um die Stangen legen.

»Armer Kerl, ein Frühstück mit Fleisch hätte er haben sollen«, sagte Patsy. »Hat verschlafen, hat den Wecker zu stark geölt, so daß er nicht läutete, hat er mit Absicht gemacht, ich mußte ihn schütteln, damit er aufstand, hab mir den Wecker angesehen, als er gegangen war, er schwamm geradezu, ging alles über die Bettdecke . . .«

Während Patsy so schwadronierte, schien sie von Willas Zehen keine Notiz zu nehmen, und auch nicht von Willas Gesicht, auf dem sich ein etwas unziemliches Erröten abzeichnete. Ihre erste gebliebene Erinnerung mit einem Mädchen. Ihre Kusine Pauline. Sie waren auf dem Heimweg von der Schule, kletterten über eine Mauer und gingen in einen Wald, um Schlüsselblumen für einen Altar zu pflücken, den sie selbst schmücken wollten. Dann nahm Pauline sie an der Hand, sie ließen die Blumen irgendwo fallen, verschwanden, ohne etwas zu sagen, im tiefen Wald. Pauline stellte sie an einen Baum, hob ihren Turnrock mit den Kellerfalten hoch, ließ ihren Schlüpfer, wo er war, und fuhr mit der Hand das Bein hinauf, ohne etwas zu sagen, bis ihre Hand das Haar erreichte. Es war ein angenehmes und tröpfelndes Gefühl, sogar angenehm in der Erinnerung, aber das Haar dort war rauh und hart. Hatte es gerade erst zu wachsen begonnen? Sie legte auch ihre Hand da hin, um das, was vor sich ging, entweder zu verhindern oder zu fördern. Oder beides. Woher hätte sie sonst gewußt, was für ein Gefühl das ist? So geheim wie das Sakramentshäuschen. Der lose Hautlappen, wo alles saß –

die Lust und der Schmerz, der Schmerz und die Lust. Hingeschaut hat sie nicht. Im Wald waren sie sicher. Pauline verlangte immer eine Belohnung – seidene Taschentücher oder einen Shilling. Willa war immer einverstanden. Nachher schämte sie sich und rannte auf den Gipfel des Hügels. Da war der Himmel, der Himmel und eine Menge Wolken, die umherzogen. Der Wald war dunkel, verwirrend, das Gefängnis einer Welt ohne Ausweg. Aber schön. Wieder dahin. Gleich oder später. Köstlich, da hinzugehen, köstlich, daran zu denken, köstlicher als Sirup, ein bißchen wie Sirup. Es dauerte nicht lange. Sie konnte sich nicht erinnern, daß sie als Gegenleistung dasselbe tat. Sie berührte ihre Freundin dort nicht, war zu feige, es hätte bedeutet, den Finger auf etwas Unbekanntes zu legen, sich in etwas Geheimnisvolles zu wagen. Selbst damals war sie passiv. Selbst damals war sie kleinmütig. So viele Jahre später hatten ihre Finger keinerlei Erinnerungen, ob ihre Freundin sich rauh und borstig anfühlte oder Haare hatte, die sich herumwickeln ließen. Ihre Augen hatten natürlich keine Erinnerung, denn sie schaute nie hin. Die Augen konnten nichts sehen, denn sie blickte hinauf auf Zweige oder hinunter auf die Lauberde und ließ sich Pauline gegenüber nie anmerken, was geschah, obwohl Pauline es an dem

Ausdruck ihres Gesichtes sah, wenn der Ausbruch kam. Sie mußten vorsichtig sein, daß keiner der Arbeiter vom Sägewerk sie fand. Besonders einer mit dem Spitznamen ›Der Kukkuck‹, der im Wald herumschlich unter dem Vorwand, Bäume zu suchen, die am Umstürzen waren, in Wirklichkeit aber nach Mädchen Ausschau hielt. Zog die Hosen runter und sagte zu mehr als einem Mädchen: »Guckt zu, wie ich Bächlein mache.« Die Geschichte war entsetzlich, man konnte sie gar nicht erzählen, man konnte sie auch nicht anhören, sie ging nie über diesen ersten Punkt hinaus, daß der Mann die Hosen herunterließ. Sie war katastrophal, schlimmer als Krebs, schlimmer als eine Begegnung mit den wahnsinnigen Frauen auf der Straße, schlimmer als der Gedanke, daß Menschen im Krankenhaus sterben. Aber das Schlimmste von allem war, was sie und Pauline taten. Vielleicht hat Patsy dasselbe gemacht oder zugelassen, daß es mit ihr gemacht wurde. Vielleicht ist Patsy auch hineingeschlichen in die Verrücktheit des Waldes, hat das Haar gespürt, das rauh und in ungehöriger Weise wie die ersten Tage eines Bartes war, und hat alles gewagt.

»Patsy«, fragte sie unschuldig, »was haben Sie gegen Bärte?«

»Du lieber Himmel«, sagte Patsy und stand

auf. »So früh am Morgen, und das Frühstück ist noch nicht fertig.«

Das Radio war an, und unten war der Grill im Gange. Manchmal roch das Haus wie eine Kirche, aber morgens roch es angenehm nach gegrilltem Speck.

»Stehen Sie auf«, sagte Patsy. Willa meinte, Patsy müsse einsam sein. Ein falscher Schluß, in Wirklichkeit waren es die Nerven.

Willa nahm den Stoß Briefe zur Hand; der erste war von einem Fernseh-Verleih und besagte, ihr sei mehrere Monate lang zu wenig berechnet worden, und zwar seit dem Tag, an dem sie eine zweite Antenne bekam, damit sie die intellektuellen Programme sehen könne. Aber keiner von ihnen machte davon Gebrauch. Sie warf den Brief beiseite. Eines Tages würde sie wieder arm sein, und dann werden sich lange Listen ihrer Extravaganzen präsentieren, um sie zu quälen. Der zweite Brief war von einem Bewunderer, der ihr kundtun wollte, daß er ein brennendes Interesse an ihrer Arbeit hatte. (Willa arbeitete mit Glas: Figuren, Fenster, Vögel, Kruzifixe, Seejungfrauen, Ziffern, Heilige und Märtyrer, alle aus Glas mit gläsernem Ausdruck, um Gefühl anzudeuten.) Sollte sie in ihrer Antwort sagen: ›Ich danke

Ihnen, aber ich bitte Sie, die Tatsache nicht zu verkennen, daß Glas kalt ist und sich kühl anfühlt. Glas ist nicht menschlich. Ebensowenig der Leim, mit dem ich es klebe, und die Säure, mit der ich es behandele. Glas springt, Glas ist zerbrechlich, es ist nicht haltbar. Sie können es anschauen, Sie können hindurchschauen, aber auch wenn Sie genauer hinschauen, entdecken Sie nicht mehr, mit Glas zu schlafen ist monströs. Wenn man mit Glas arbeitet und es in der Hand hält, sehnt man sich nach Fleisch.‹ Gewiß nicht. Er wäre im Handumdrehen mit dem Wagen da, und sie wäre als die Betrügerin, die sie war, entlarvt. Kostbar und selten waren die Juwelen, die sie trug. Mit anderen Worten, sie war Jungfrau. Wenn auch verpfuscht.

Die anderen Briefe machte sie nicht auf. Sie überflog rasch die Poststempel. Er wohnte in Hampstead. Auro, Goldjunge. Eine Weile erwartete sie einen Brief, jetzt schaute sie die Poststempel an, erwartete aber keinen Brief mehr.

Eine Zeitlang glaubte sie, er würde wiederkommen. Er hatte die Gewohnheit, aufzutauchen und wieder zu verschwinden. Das lag an seinem Beruf. Sie wußte, daß er haltlos, undurchschaubar und durchtrieben war, aber im Gegensatz zu Herodes hatte er ein weiches Herz. Schließlich gab sie es auf. Es dauerte

Wochen, bis sie ihn aus ihren Gedanken verbannt hatte. Die albernsten Dinge blieben ihr in Erinnerung: zum Beispiel, daß sie damals die Hemden getauscht hatten, als sie seins bewundert und er nichts dagegen gehabt hatte, ihres zu tragen. Eine Albernheit, die sie ernst genommen hatte. Immerhin lernte sie, hartherziger, wachsam und eiskalt zu sein. Sie war nicht ärgerlich auf sich. Neue Freuden erzeugten wie die Antibiotika neue und wunderliche Krankheiten. Die Liebe zu ihm und dann der Schmerz waren keineswegs wie das Herodes-Erlebnis: die Liebe war gutartiger, und wenn der Schmerz auch weniger fürchterlich war, so reifte er lediglich. Er war in ihr Leben getreten wie so manch anderer, nämlich um eine ihrer Glasarbeiten zu kaufen. Meistens stellte sie Fenster her für Kirchen, Schulen und einige Fabriken, manchmal machte sie einen Vogel oder eine Figur, und die wurden von Privatleuten gekauft. Er telephonierte zuerst und kam vier Tage später ins Atelier. Er hatte die hellste Haut, die sie je bei einem Neger gesehen hatte. Eine Haut mit einem Stich ins Blaue. Frisch geteerte Straßen kamen ihr in den Sinn, wenn der Teer noch nicht trocken ist, eine Farbe, die weder blau noch schwarz war, sondern ein Mittelding. Es müßte hübsch sein, ein Glas in dieser Farbe zu machen. Ein feingeschnittenes Gesicht, abgesehen von der Nase, die platt war. Augen wie ein Kalb. Mauve Lider, und die Augen dahinter waren nicht etwa zutraulich, wie es sich für ihre Größe geschickt hätte, sondern pfiffig, gescheit und aufgeweckt. Ein ewiges Lächeln, als ob das Leben ein guter Witz sei.

»Wer hat Ihnen die Nase zerschmettert?« fragte sie.

»Ich selbst«, sagte er. »Ein Mensch kann nicht vollkommen sein, das bringt die Leute auf die Palme.«

Und hier witterte sie eine Ähnlichkeit. Einmal hatte sie gefragt: »Warum heißt du Herodes?« und erhielt zur Antwort: »So heiße ich gar nicht, sondern Hermann, ich habe mich umbenannt, um meine Feinde zu erfreuen.« Die Stimme klang nicht verärgert. Der Ärger blieb geheim.

Sie hätte sich nicht nach seiner platten Nase erkundigen sollen, es war ein Mißgriff. Sie sprach selten mit ihren Kunden, sprach überhaupt wenig und hatte zwischen sich und der Welt eine farbige Glasplatte nach der anderen aufgebaut, so daß, wenn sie hinaus- oder die anderen hereinschauten, die Gebärden verzerrt und die Stimmen kaum zu hören waren. Manche glaubten sie zu kennen, aber sie täuschten sich. Ebenso vergeblich wie die Bemühungen eines Hundes, der eine Fliege hinter einer Fensterscheibe zu fangen versucht, waren die ihren. Niemand konnte sie je wieder fangen.

»Glauben Sie, es wird von großem Nutzen für uns sein, wenn Tiere sprechen?« fragte sie.

»Gott behüte«, sagte er.

»Wir würden uns nicht so langweilen«, meinte sie.

»Wie kommen Sie auf den Gedanken, daß Tiere besser wären als Menschen?«

»Sie werden länger brauchen, um schlimmer zu sein«, sagte sie, und sie lächelten einander an. Er schaute sich um. Die unendlich vielseitige und gequälte Welt ihrer Figuren. Ein schlichtes Glasfenster mit einem weißen, nicht zugezogenen Vorhang.

»Das ist ein schönes Fenster«, sagte er.

»Es wurde von einem Maurer eingesetzt, der keine Zähne hat, aber wenn er Zähne bekommt, wird er ein Steak essen.«

Er machte den Mund auf, um seine zu zeigen, die außerordentlich weiß und etwas bedrohlich waren. Er machte Kaubewegungen. Sie bot ihm einen Apfel an. In seinem Mund wurde der Apfel total entsaftet und das Fleisch zu Brei, weil er so mächtig kaute. Er sagte, es sei ein guter Apfel, knackig. Früher habe er in einem Obstgarten gearbeitet. Sie fragte, in welchem Land. »In diesem«, sagte er. Er war zweite Generation.

»Obstgärten müssen hübsch sein«, sagte sie.

»Wenn Sie eine Wespe sind – ja.«

»Entschuldigung«, sagte sie. »Das war Angeberei.«

»Sie sind ganz in Ordnung«, meinte er. Und sie wünschte, sie könnte ihm etwas zeigen oder etwas sagen, das über das Alltägliche hinausgeht, das in seiner Erinnerung einen guten Geschmack hinterläßt. Sie stand vor ihm, und gesagt hat sie: »Heben Sie mir die kleinen Äpfel für Gelee auf, sie sind süßer.«

Aber er war kein Obstgärtner mehr. Er war beim Film, als Kameramann. Sie trat einen Schritt zurück, von sich selbst enttäuscht. An was er gedacht habe? Was er haben wolle? Eine Pyramide, sagte er, fürs Wohnzimmer.

»Beryl gefallen die Sachen, die Sie machen.« Er gab keine Erklärung ab, wer Beryl sei, brauchte er auch nicht, Willa begriff es. In welcher Art, in welcher Farbe, wie hoch, wie teuer, wie ausgeführt? Sie sprachen darüber, aber während sie darüber sprachen, erwähnte er andere Dinge. Er hatte keinen Grund, sie zu erwähnen, er tat es einfach.

»Beryl würde dieses Atelier gefallen, Beryl mag französische Zigaretten, und Kino hat sie lieber als Theater, am liebsten französische Filme. Wir haben alles weiß in der Wohnung bis auf das Schlafzimmer, das viktorianisch ist, geblümte Tapete, Spitzenvorhänge, Spitzenbettdecke und so weiter . . .«

Ein närrisch verliebter Mann.

Er sprang von der Bank auf, dann wischte er sich den Staub von den Händen und begann auf und ab zu gehen. Verliebt in Beryl, aber einem kleinen Seitensprung nicht abgeneigt. Sie sah ihn vor sich, wie er eine Toga, in Wirklichkeit die Bettdecke, lässig um den Körper geschlungen hatte.

»Ich hätte lieber eine in schwarzer Spitze«, sagte sie.

»Das liegt daran, daß Sie die weiße nicht gesehen haben«, sagte er, durchdrang Glas und Stille und das Zeichenbrett, hinter dem sie sich versteckt hatte, und das Wort war so voller Schönheit wie nie zuvor. Schleier, Gaze. Malven. Der Augenblick, in dem kochender Zukker Fäden zu ziehen beginnt und jeder Faden, ehe er dunkel wird, weiß wie der Morgen und weiß wie das Mondlicht ist. Haben sie sich in ihrer Brunst jemals auf diese Spitzendecke geworfen und sie mit ihrer heißen Liebe entweiht?

»Es war ein Kinderspiel, ihr Haar hatte sie hinten zusammengebunden, und sie sah überhaupt nicht erschöpft oder mitgenommen aus«, sagte er, und Willa versuchte, nicht zuzuhören. Sie flehte Gott an, er möge ihr diese Intimitäten ersparen.

»Die Hebamme war nicht gekommen, und nur sie und ich waren da. ›Mach dich bereit, das Kind zu holen‹, sagte sie. Ich machte die Hände hohl und legte sie über den Mund, tat so, als sei es Sauerstoff, und im Handumdrehen atmete sie tief, im Ernst, ich blies auf der einen Seite hinein, und sie atmete es auf der anderen ein, sie glaubte fest daran, und ich mußte weitermachen . . .«

Einen größeren Liebesbeweis, als Geburtshelfer des eigenen Kindes zu sein, kann kein Mann erbringen. Ein schwarzes Baby der dritten Generation, im Lexikon Terzerone genannt.

»Man kann, glaube ich, dazu gebracht werden, alles zu glauben«, sagte sie bissig.

»Langweile ich Sie?« fragte er. Er mußte ihr Unbehagen erraten haben.

»Warum sollte es mich langweilen? Ich dachte bloß gerade daran, wie im Märchen alles zu etwas anderem werden kann, eine Frau findet einen durchnäßten Kuckuck, nimmt ihn mit herein, gibt ihm die Brust, und er verwandelt sich in einen Mann und erschlägt sie.«

»Da weiß ich noch was Besseres«, sagte er. »Ein Mann hielt ein winzigkleines Baby die ganze Nacht am Leben, indem er es an seiner

Brustwarze saugen ließ, bis seine Mutter kam . . .«

»Ihre Geschichte ist hübscher«, meinte sie. Männer und Säuglinge. Alles dasselbe. Sie brauchten die Mutter und ihre Milch. Aber wo waren Mütter? In Fabriken, in Schuhgeschäften, beim Friseur, in Warteräumen, auf der Couch des Psychiaters wird die Milch in ihren emanzipierten Drüsen sauer.

»Ich brauche eine Mutter – Mann, Frau und Kind, alle müssen bemuttert werden.« Sie wünschte, sie hätte es nicht gesagt, denn es stellte sich heraus, daß er nie gestillt worden war und die Frau nicht gekannt hatte, die ihn unter dem Herzen getragen hatte. Sie verließ ihn kurz nach der Geburt mit einem Schildchen um den Hals, auf dem der Name stand, dieser Name, der sich über seine Hautfarbe hinwegsetzen und ihr direkt widersprechen sollte.

»Dann sind Sie ein Frauenhasser«, sagte sie. Männer waren es entweder oder auch nicht, aber zuerst konnte man es wegen kleiner Tricks im Verhalten nicht erkennen.

Er kam durchs Zimmer, wie schnell oder wie langsam, ließ sich nicht sagen, und wie es nur in Träumen, im Wahnsinn und unter Fremden vorkommt, legte er den Arm um sie, erst einen, dann beide, drückte sie an sich und sagte durch ihr herabfallendes Haar hindurch: »Sie sind nervös und verbittert, Sie sollten weder nervös noch verbittert sein.« In seinen Armen. Nicht den mindesten Gedanken konnte sie mehr fassen, als ob der Blutstrom zum Gehirn unterbrochen sei. Nichts war ihr bewußt als diese Arme, bedeckt mit einem blauen Hemd. Sie stellte keine Vermutungen darüber an – wagte es nicht –, was als nächstes geschehen würde. Er konnte ihr Gesicht nicht sehen, denn er stand hinter ihr. Ihre Brustwarze, über die sein wandernder Daumen strich, gab keine Freudenlaute von sich. Er legte die andere Hand auf ihre Rippen und verwunderte sich über ihre Magerkeit. Sie lehnte sich an ihn, und ihr dunkler Flaum erzitterte. Ihr Verlangen war das Zittern. Sie durfte ihn nicht ermutigen. Sie mußte eine andere Bindung, eine große Liebe vorschieben. Wenn sie ihn zurückwies, wußte sie, daß nicht er es war, der leer ausgehen würde – er hatte ja Beryl, aber daß sie ihm auf eine geheimnisvolle Weise ein wenig von seinem Wohlbehagen rauben würde. Sie löste sich von ihm.

»Wir haben die billige Tour nicht nötig«, sagte sie mit dem Rücken zu ihm; Tränen in den Augenwinkeln. Sie müsse das Fenster aufmachen, erklärte sie. Sie solle es nur aufmachen, sagte er. Der Unterschied in seinem Verhalten war merklich. Die plötzliche Milde des Abends. Zärtlichkeit. Haut in der Farbe der Dämmerung. Sie dachte daran, ihm einen Drink anzubieten, einen zweiten Apfel oder ihre Lippen. Ohne verräterische Lippenstiftspuren auf seinem Taschentuch. Sie bot ihm nichts an. Ihre Stimme, die durch den ganzen Raum hallte, war brüchig vor Nervosität und durch das Ungewohnte der Situation, als sie sagte: »Sie haben also Kinder.« Drei, antwortete er.

»Das ist eine Menge«, sagte sie.

»Finde ich auch«, erwiderte er bedächtig. Er hatte es gleichsam zu sich gesagt, nun blickte er auf, schaute sie aber nicht an. Er war mit anderen Dingen beschäftigt. Sie beobachtete ihn: er schob die Unterlippe vor und verbarg damit die Oberlippe völlig, eine Angewohnheit, wenn er über etwas nachdachte. Denn natürlich trafen sie sich immer wieder. Sie erfanden Vorwände. Plumpe, auf der Hand liegende, aber brauchbare Vorwände. Sie wollte eine größere Pyramide machen, eine bessere, wollte das Glas in einem ganz anderen Winkel schneiden und durch die Art der Anordnung der kleinen violetten Würfel etwas ganz anderes zum Ausdruck bringen; durch das Glas sprach sie heimlich mit ihm. Diese Tricks genügten. Er sprach weniger von Beryl. Sie erkannte ihren Einfluß auf das Schwinden seiner Leidenschaft und war entsetzt über ihr verbrecherisches Tun.

Doch wenn sie ihn begrüßte, klang ihre Stimme ehrbar. Er kam unregelmäßig, manchmal sagte er: »Vielleicht Dienstag«, aber der Dienstag verging ohne eine Spur von ihm. Taktik war es bestimmt nicht. Er hatte zwei Frauen. Er war Waise gewesen, er hat zwei Mütter gehabt und keine Mutter, er brauchte zwei Frauen und keine Frau. Sie verstand es.

»Komm, wann immer du willst«, sagte sie. Wie viele Stunden hatte sie auf dem Fußboden in der Diele gekniet, die Augen in Höhe des Briefkastenschlitzes, und gelauscht, ob sein Auto donnernd die Straße herunterkam. Stunden sinnlosen Opfers. Es wäre ihr gräßlich gewesen, hätte er sie wartend am Fenster gefunden. Selbst ihr Warten verbarg sie vor ihm. Einsame Liebe, einsame Leidenschaft, ihr Begehren versickert in der Erde wie die Bäche und Flüsse in den Kalksteingebieten Irlands oder Jugoslawiens.

Keine Entschuldigung, wenn er dann kam. Wie er das machte, war beispielhaft. »Wie geht's?« fragte sie. »Immer noch schwarz«, antwortete er, oder er fragte Patsy: »Haben Sie die Butter aus dem Kühlschrank geholt?«, als ob ihm die zu harte Butter gerade eben und nicht vor einer Woche angeboten worden war. Man konnte einfach nicht unwirsch sein oder fragen: »Wo hast du gesteckt?«, denn er ließ sich nicht gängeln. Er wollte frei sein. Ihre vorwurfsvollen Bemerkungen glitten an ihm ab, so daß sie schließlich sagte: »Komm, wann du willst.« Er brachte sie dazu, daß sie ein wenig auftaute, zuerst saßen sie nebeneinander, dann meinte er, sie solle sich auf seinen Schoß setzen, und sie tat es.

»Ich bin zu schwer«, sagte sie.

»Mach dir keine Sorgen«, meinte er. Eine kurze Weile tat sie so, als fühle sie sich dabei wohl, dann unternahm sie einen zweiten Versuch, aufzustehen. Er hielt sie fest.

»Bist du jemals entspannt?« fragte er.

»Bist du jemals entspannt?« war ihre Gegenfrage.

»Oft«, sagte er. »Aber wenn ich mich entspanne, beiße ich die Zähne zusammen.« Sie lachten. Warum besuchte er sie? Er liebte Beryl. Er sagte es selbst. Warum besuchte er sie dann? Sie wußte es. Sie war etwas Neues, auch ihr Gewicht und ihre Nervosität, er wollte das erleben und sie aus der Kontenance bringen. Wenn sie nur aufhören könnte zu zittern. Er tastete nach ihrer Wade, packte sie fest und streichelte sie dann sanft. Sagte, er sei ein Meister im Streicheln von Katzen. Er gab ihnen zu fressen, wenn sie abends nach Hause kamen, dann wartete er, bis sie es wollten, und streichelte sie dann so, wie sie es wollten.

»Du bist immer noch bekümmert«, sagte er.

»Ich bin schwer.«

»Du bist nicht schwer, sage: ›Ich bin nicht schwer.‹« Sie machte zwei Versuche, dann schaffte sie es. Seine Arme umschlossen sie, beruhigend, tröstend, und er summte irgendeine törichte kleine Melodie.

»Wie lange ist es her, daß du glücklich warst?«

»Nie gewesen«, sagte sie. Wie lächerlich das klang.

»Ich war glücklich an dem Tag, an dem ich dich kennengelernt habe«, sagte sie dann, aber zaghaft, denn es könnte mit ihrer Bemerkung eine Art Verpflichtung verbunden sein.

»Das ist gut, das ist sehr gut«, sagte er und befühlte ihre Zehen, als ob er nach gebrochenen Knochen suchte, dann beugte er sich hinab und roch an dem Fleisch, aber als seine Zunge die Spalten zwischen diesen Zehen erforschte, erklärte sie nervös, da habe sich Lehm aus dem Garten angesammelt, und gleich machte sie sich steif, verschloß sich und wich vor ihm zurück.

»Du mußt ...«, sagte er. »Ich will geben, geben, geben. Ich möchte, daß du einen Monat lang kommst, bis deine Augen vom Kommen wieder im Kopf verschwunden sind, komm, komm, komm zu mir.«

»Kann nicht, kann nicht, kann nicht«, sagte

sie auf die eine oder andere Weise. Läßt sich nicht ausdrücken. Er müßte sie sein, um es zu verstehen. Er müßte all die Versuche selbst durchgemacht haben; im Bett liegen und die Knochen an der Seite und überall spüren und dann versuchen, mit den Gedanken dabeizubleiben und es mit der Hand zu wagen, und schließlich lernen, ihre Angst zu einem gläsernen Ozean oder einer Dornenkrone zu verweben. Er versuchte es mit Worten, Stimmungen, den Händen, dem Mund und Überredung. Es gab Augenblicke, in denen sie fast kapitulierte, und dann wieder Augenblicke des Schreckens, in denen sie sagte: »Kann nicht, kann nicht, kann nicht.« Und er begehrte sie immer mehr. So war es, er begehrte sie, und sie wollte, daß er sie begehre, doch nur in Gedanken, ihr Körper vermochte es nicht. Wie wenn man rennen muß, aber feststellt, daß die Beine im Schlamm stecken.

»Die älteste lebende sechsundzwanzigjährige Jungfrau«, sagte sie. Er sehe es als seine Pflicht an, erwiderte er, wie in den Krieg ziehen oder einen Waldbrand löschen, und er werde sie wunderschön deflorieren. Die Blume würden sie immer aufheben, als wäre es eine Heiligenreliquie. Sie werde es schon sehen. Es sei gar nicht schlimm. Seine Hand wanderte dorthin, wo ihr Rock aufhörte. Ein Rock mit einer Rüsche, die

Rüsche mit Band eingefaßt, mit einem Eigenleben. Seine Hand unter der Rüsche.

»Kann nicht, kann nicht, kann nicht«, sagte sie. Gab es nicht massenhaft andere Frauen auf der Welt, mit deren Sinnlichkeit sie es nie aufnehmen könnte? Er verzehrte sich nach ihr. Tränen in seinen Augenwinkeln.

»Wir müssen«, sagte er. »Bett ist Bett. Nicht küssen, nicht schmusen noch irgend etwas anderes, Bett ist Bett.« Das entmutigte sie noch mehr. Sie sagte, sie werde darüber nachdenken, sie werde vorsorgen.

»Du warst nicht glücklich an dem Tag, an dem du mich kennenlerntest . . . du warst begehrlich.«

»Und bin ich jetzt begehrlich?«

»Du bist begehrlich und versteinert.«

»Eins von beiden wird klein beigeben müssen.«

»Sorge dafür, daß es das richtige ist.« Er stand auf, um zu gehen.

»Ich rufe dich an«, sagte er, »obwohl du nie ans Telephon gehst.«

»Wenn du es bist, werde ich ans Telephon gehen.«

»Paß auf, wenn es dreimal läutet, dann aufhört und dann wieder läutet, dann bin ich es.« Er schrieb etwas auf einen Block, riß das Blatt heraus, nahm aus der Jackentasche eine Wäscheklammer und befestigte den Zettel an der Telephonschnur. Wie ein weißes Taschentuch, das in der Luft weht und für jedermann sichtbar ist. Es war ihm ernst, als er es schrieb, es war ihm ernst, als sie auf der Suche nach einem Taxi die Straße hinaufgingen, ihr Getrenntsein sich auf sie beide auswirkte, denn sie hielten sich nicht an der Hand, ihre Traurigkeit sich in ihrem Gelächter bestätigte (Tränen kamen am nächsten Tag); und ausgerechnet an einer Hecke wilder gelber Rosen mit spärlichen Blüten, aber einem betäubenden Duft mußten sie entlanggehen. Die Schmerzlichkeit dieses Weges verquickte sich in Willas Gedanken mit diesem Duft, und tage- und wochenlang kam ihr die Schmerzlichkeit wieder zum Bewußtsein, und zwar jedesmal, wenn sie an dieser Hecke vorbeiging. Wie erinnerungsträchtig war dieser Duft der gelben Rosen. Nicht so sehr die Erinnerung an das, was sie gehabt hatten, als an das, was sie hätten haben können. Und das tut mehr weh als auf nichts beruhende Reue. Es war ihm ernst, als er den Zettel schrieb, aber am nächsten Tag mußte er wohl gründlich darüber nachgedacht und sein Herz verhärtet haben. Die auf dem Zettel beschworene Blütezeit war ein zu lebhaftes Bild, um sie zu verwirklichen, die Belastung durch sie zu groß. Sie wartete. Sie arbeitete. Ihr Kummer fand seinen Ausdruck in ihren Heiligen und ihren Sündern. Ein für einen Konzertsaal bestelltes perlgraues Fenster sollte eine heitere Himmelslandschaft mit dahinziehenden Wolken sein, aber das waren keine Wolken, sondern Eierstöcke, die in einem Meer der Mühsal schwammen. Am Ende jedes Tages weinte sie, keine Tränen kamen ihren Augen zu Hilfe, sie weinte mit ihrem Körper, die Hände flehend ausgestreckt, und seine Liebe war das Almosen, das sie vom Leben erbaten.

»Wie kann er es wagen«, sagte Patsy, nahm den Zettel ab und tat die Wäscheklammer in den Beutel zu den anderen. Dieselbe Sorte Klammern.

»Mir gefiel das nicht«, sagte Patsy, »wie er Ihr Steak aß, nachdem er seins verputzt hatte.«

Am schlimmsten war es, wenn das Telephon läutete und sie es dreimal klingeln ließ, dann wartete, daß es aufhören würde, ehe es wieder läutete, was es natürlich nicht tat. Die Briefe retteten sie. Sie waren zugleich ihr Trost und ihre Nahrung; in den Briefen verteidigte sie ihre Sache, und obwohl sie nie abgeschickt wurden, linderten sie ihren Kummer. Delirium, seltsame Gefühlsergüsse und der berauschende Duft gelber Rosen.

Die Küche wurde durch die Sonne in zwei Teile geteilt, und auf der einen Seite tanzten Stäubchen in der Luft, und Patsy mischte Tünche mit Wasser. Das Radio war an. Eine helle Männerstimme gab Nachrichten durch:

»Ein Zahnarzt, der vermutete, daß seine Frau ihn verlassen habe, ging zu seinem Postamt und fand dort im Papierkorb den Entwurf eines Telegramms, das sie an einen Freund geschickt hatte. Er fuhr seiner Frau zum Flughafen nach und ermordete sie. Kurz danach stellte er sich im Naturkundemuseum in South Kensington, London, freiwillig der Polizei.«

Tom hörte es bei der Arbeit, ein Kumpel erzählte es ihm, er mußte schreien, weil der Preßluftbohrer so viel Lärm machte. Tom sagte, das habe sie verdient. Sie lachten.

Auro hörte es in seinem viktorianischen Schlafzimmer, als er dasaß und an den Fäden der Spitzendecke zupfte. Beryl wollte nicht sprechen. Er war am Vorabend spät nach Hause gekommen. »Beryl, sag was.« Die harmloseste Sache der Welt. Traf ein Mädchen im Ballkleid, ging die Straße entlang. Das Kleid bestand aus zwei Bahnen weißer Gaze, die oben zusammengenäht, aber an den Seiten offen waren. Ihre weißbestrumpften Oberschenkel waren für jedermann sichtbar. Sie weinte. Sie wußte nicht, wohin sie gehen sollte. Uneingeladen war sie auf eine Party gegangen. Sie hatte gehört, Aga Khan werde dort sein. Man sagte ihr, er sei tot. Dann sein Sohn, sagte sie. Sein Sohn sei im Ausland, hieß es. Man gab ihr einen Drink, in der Halle. Gäste kamen, um sie anzuschauen, verloren aber bald das Interesse, und sie mußte gehen. Und sie wisse nicht, wohin, sagte sie zu Auro. Hatte sich das Kleid für diese Gelegenheit selbst gemacht. Von der Party hatte sie durch einen Lehrling beim Friseur gehört. Der Friseur selbst war den ganzen Nachmittag mit der Gastgeberin beschäftigt. Sie wußte nicht, wohin sie gehen sollte. Er bestellte ihr einen Kaffee. Sie trocknete sich die Augen. Sie lächelte. Sie sagte, wenn sie erst reich sei, wolle sie rosa Bettlaken und Hunderte von Paaren Schuhe haben. Sie werde ihre Juwelen in Banksafes überall auf der Welt verteilen. Er brachte sie nach Hause. Er beging den Fehler, es Beryl zu erzählen. Ein trauriges, billiges kleines Mädchen voll Pseudohoffnungen. Ein

Plastik-Aschenputtel. Aber Beryl sah keinen Grund, da einen Unterschied zu machen. Beryl, der Ermittlungsrichter: »Wo waren deine Hände, wo waren ihre, warum hast du überhaupt mit ihr gesprochen, wenn ich in einer solchen Lage bin, kommt mir kein Mann zu Hilfe.« Er schüttelte den Kopf. Unersättlichkeit der Frauen. Er versuchte zu erklären, wie rührend es war, aber sie wandte sich ab. Er wollte sie. Um ihrer beider willen. Er legte den Arm um sie, aber sie stieß ihn zurück. Das erinnerte ihn an Willa; auf der Südseite, an ihrem Glas bosselnd, eine brachliegende Frau, zu verklemmt für die Liebe, von sinnlosem Schmerz erfüllt; aber mit einem gewissen Etwas. »Beryl, probiere ihn an.« Ein Mantel, um darin zu überwintern. Genau das richtige für Kanada und den Schnee, da sie ja unbedingt mitfahren wollte. Hat ihn ganz billig aus dem Fundus bekommen. »Schenk ihn einer deiner Straßenbekanntschaften«, sagte Beryl. »Beryl, hör zu.« Beryl stellte das Radio an und genoß es, als sie die Geschichte von dem Mord aus Leidenschaft hörte.

Willa hörte sie nach dem Mittagessen in ihrer kühlen Küche, als sie den letzten Zug aus ihrer Zigarette nahm, ehe sie sie dem Aschenbecher überlieferte. Sie versuchte, Mitleid mit dem Mörder zu empfinden, vermochte es aber nicht. Sie starrte weiter auf den Zigarettenstummel:

Eine blattähnliche Hülle aus leichenblaßgrauer Asche, darunter verglimmende Glut, der Name des Herstellers in schmalen goldenen Buchstaben am untersten Teil des Zigarettenpapiers, über den hinaus man nie rauchen soll, und zwar in der Hoffnung auf Unsterblichkeit, das hellbraune Mundstück mit unregelmäßigen zitronenfarbenen Flecken, die schwammartige Unterseite. Sie erinnerte sich an Stunden wie diese mit Herodes, wenn sie in- und auswendig wußte, wie ein Teelöffel aussieht. Aber für den irrenden Mann konnte sie kein Mitleid aufbringen.

Lauter, klarer und drohender als für alle anderen klang die Meldung für Patsys Ohren. »Du lieber Himmel«, sagte sie, über den Eimer gebeugt. Sie hatte langsam gerührt, mit einer Hand, die andere auf dem Rand des Eimers, damit er nicht über den ganzen Fußboden rutschte, aber als sie die Meldung hörte, begann sie wie wild mit beiden Händen zu rühren. Sie könnten sie ausfindig machen lassen. Willa würde glauben, es sei ein Nervenzusammenbruch oder so ein Mist. Ein SOS durchs Radio: »Frau in dunklem Mantel, siebzig Kilo schwer, leidet vermutlich an Gedächtnisverlust . . .«

»Es ist etwas Wahnsinniges an der Liebe«, sagte Willa ernst und stand auf.

Wie geplant, schickten sie sich an, die Mauer zu tünchen.

Patsy ging forsch. Der Eimer schlug ihr gegen die Hüfte, die Farbe darin schwappte hin und her, kam aber nicht über den Rand. Patsy wollte ein paar Stunden darauf verwenden, dann Tee machen, das Tablett auf den Rasen stellen und gehen. Bald vorbei. Was ihr fehlen wird, ist der Garten. Und Willa. Willa, die sie im Laufe der Zeit erzieht, sich zu bessern und ihre Sprache zu verbessern; »Es heißt nicht getun, es heißt getan«; die sie einmal in ihr Zimmer rief, um ihr eine einreihige Perlenkette zu zeigen, die auf dem Schreibtisch zu einer Acht gelegt war, und die Sonne schien herein, und jede Perle war nicht nur perlfarben, sondern auch purpurrot und rosa. Sie hatten einen Kampf geführt, ob man zulassen sollte, daß die Möbel durch die Sonne verschießen. Willa hatte gewonnen. All das würde Patsy fehlen.

»Los, wir haben genug Zeit verschwendet«, sagte sie. Willa hatte das Gesicht in einer Rose vergraben. Sie hob es wieder, Blütenstaub auf der Nase. Zuweilen, jetzt zum Beispiel, war sie richtig schön, lächelnd wie ein Kind, ihr Haar ganz weiß in der Sonne und glatt wie ein Segel. Schreckliches Leben, immer allein, Heimlichkeiten. Wie Ron das nennt. Fetische. Wo hat er diesen unanständigen Ausdruck bloß her. Darüber wird er mir Rechenschaft geben müssen.

»Hier, Eichhörnchenhaare im Wert von fünfundvierzig Shilling«, sagte sie und gab Willa einen der neuen Pinsel. Im Eisenwarengeschäft haben sie ihr Rabattmarken aufgedrängt. »Die können Sie mir auf den Hintern kleben«, hat sie gesagt. Sie ließ sich von niemandem bestechen. Sie erzählte es Willa. Willa lachte. Wenn sie weggeht, wollte sie, daß Willa lacht. Sie tauchte den breiten Pinsel in den Eimer und klopfte damit an die Seite, damit die überschüssige Farbe abgeht. Sie machte es langsam, um es zu zeigen. Bloß weil sie draußen waren, deshalb brauchte Willa noch lange nicht Farbe zu verschwenden und sie ringsum zu verspritzen. Willa sollte sich genauso verhalten, als ob sie im Wohnzimmer wären und die Teppiche leiden würden.

»Aber kann mir das Spaß machen?« fragte Willa, die sich Patsys diktatorischer Stimmung anpaßte.

Sie begannen.

Eine Wand zu tünchen kann etwas Hypnotisches an sich haben. Wegen der Sonne, und weil sie so durstig war, schluckte die Wand jedes kleinste Tröpfchen Farbe. Es war wunderbar anzusehen. Die Wand trank die Farbe und bereitete sich auf mehr vor. Nur einen Augenblick lang sah eine Stelle ganz weiß aus, denn während man sie noch anschaute, wurde das überschüssige Weiß ins Innere der Mauer gesaugt und verschmolz mit dem Grau des Mörtels. Es war nicht Fleiß, der Willa veranlaßte, so schnell zu arbeiten, sondern ihr Verlangen, das verblüffende Weiß wiederzuerschaffen.

Patsy atmete rasch. Im Vergleich dazu gaben die Pinsel ein sanftes, einlullendes Geräusch von sich. Nervöses Atmen und langsames Streichen der Haarpinsel. Wie die zwei Geräusche, die Vögel mit ihren Flügeln erzeugen: das eine klatschend und eifrig, ehe sie sich für den Tag auf die Wanderschaft machen, das andere geruhsam, wenn sie abends heimkommen und sich auf Ästen und Zweigen niederlassen. Mit ein und denselben Flügeln. Wäre sie eine Schwalbe, sie würde sich sehr hoch hinaufschwingen in den einsamsten, leersten Teil des Himmels, weit weg von anderen, störenden Vögeln, Nestern, Eiern und ewigem Einerlei. Mit den Wolken dahinziehen. Herunterkommen, um sich zu ernähren und im Frühjahr ein wenig zu lieben. Wenn sich der Samen in sie ergossen hat, würde sie fliegen und ihn in einem wilden betrügerischen Strahl herausspritzen lassen. Keine Folgen. Freiheit, Freiheit, Freiheit. Selbst als Vogel hielte sie am Weibtum fest. Zweifellos wären ihr Gesang als Vogel Klagelieder.

»Ich liebe stetige Geräusche, Rasenmäher, Automotoren, Uhren, die schlagen«, sagte sie für den Fall, daß Patsy nach einem Wort hungerte. Einmal hatte sie auf Patsys Schreibblock geguckt und gesehen, daß sie an ihre Schwester geschrieben hatte: »Willa ist gut zu uns aber sie ist schrullich.« Patsys Briefe zu durchstöbern war auch eine Möglichkeit, in Patsys Welt zu flüchten. Ihre öde Welt ein wenig durch Patsy zu erleben. Dort Trost zu finden.

»Da war ein Bericht in der Zeitung über eine Frau, die aus Amsterdam zurückkam und sich einen Diamanten in den Arsch gesteckt hatte. Sie haben ihn gefunden«, sagte Patsy, die ihren eigenen Gedanken nachhing. Wie gründlich die Mistkerle sein können.

»Ich kenne einen Mann, der hat es gern, wenn ihm beim Bumsen auf die Schulter geklopft wird, einfach geklopft und geklopft«, sagte Willa und vollführte dieselbe Bewegung auf der Mauer. Auro hatte ihr das von sich erzählt bei seinen vielen Versuchen, sie zu deflorieren. »Er glaubt, das stamme aus der Zeit im Mutterleib, als er den Herzschlag seiner Mutter hörte.«

»Ach, Mutterleibsgeschwätz«, sagte Patsy unwirsch. Sie war ganz schön aufgebracht. Der Diamant, der verrückte Zahnarzt, der Mann im Farbengeschäft, der sagte: »Ich sehe, Sie gehen nach Peckham hinauf«, all das machte sie nervös. Und jetzt noch das Gerede vom Mutterleib. Jede Minute kann man schwanger werden.

»Sie werden dafür extra bezahlt«, sagte Willa. Patsy mußte sich ausgebeutet vorkommen.

»Ach, du lieber Gott, das Geld ist es nicht«, sagte Patsy. Das wollte sie unter keinen Umständen, daß Willa glaubte, das Geld habe sie auseinandergebracht.

»Es ist nur . . . ja, ich wollte es Ihnen eigentlich nicht sagen«, und schon bei den ersten Worten bereute sie ihre plötzliche Regung bitterlich.

»Ich und Tom haben die Nase voll . . .«

Willa glaubte, sie hätten von ihr die Nase voll. Sie machte leichthin großzügige Versprechungen. Sie wolle einen zweiten Eingang machen lassen, eine zweite Küche, ein zweites Badezimmer. Sie warf sich vor, sie kujoniert, sich über die harten Halbmonde abgeschnittener Zehennägel in der Badewanne ereifert, über seine Socken im Wäschekorb genörgelt, tagelang kein Wort gesprochen zu haben, empfindlich gegen Geräusche und in Kleinigkeiten schlichtweg tyrannisch gewesen zu sein.

»Es tut mir leid«, sagte sie.

»Nur ich gehe weg . . .«, sagte Patsy. »Wir gehen nicht zusammen.«

Willa starrte sie an. Sie konnte es nicht glauben. Sie kamen doch gut miteinander aus. Wie sie Späße machten, Karten spielten, mit dem Auto spazierenfuhren und zusammen redeten. Patsy sagte, das sei alles nur äußerlich gewesen. Sagte, es sei schon lange vorbei. Sie habe an Tom geschrieben. Sie sei endgültig entschlossen.

»Sie brauchen ein wenig Erholung voneinander«, sagte Willa.

»Da ist noch ein anderer«, sagte Patsy schüchtern.

»Das habe ich nie bemerkt«, meinte Willa.

»Sie waren auch beschäftigt.«

»Mit Glas«, sagte Willa verbittert.

Patsy erzählte ihr, wie sie sich kennengelernt und gesündigt hatten, sich einig gewesen und zu diesem Entschluß gekommen seien.

»Wer wird es Tom sagen?« fragte Willa.

»Ich dachte, Sie würden es tun.«

»Das kann ich nicht«, sagte Willa, ganz herzlos, wie ein Richter.

»Ach so«, sagte Patsy niedergeschlagen. Sie hätte überhaupt keine Erklärungen abgeben dürfen, in dem Augenblick, in dem sie den Mund aufmachte, um die Wahrheit zu sagen, hat sie schon alles verkorkst. Was war bloß in sie gefahren – Mitleid und Weichheit, all die Regungen, die man hat, wenn man seine tote Mutter sieht oder einen, der bei schwerer Arbeit schwitzt.

»Ich kann nicht mehr mit Tom zusammensein, es ist ekelhaft, ausgesprochen ekelhaft«, sagte sie und versuchte, Mitleid zu erregen.

»Es muß schwer sein, wenn Sie einen anderen lieben«, sagte Willa.

Aber Willa verstand es nicht, denn wenn sie es verstünde, würde sie sagen: »Gehen Sie.«

»Es wäre grausam, es ihm nicht zu sagen«, meinte Willa.

»Vermutlich«, räumte Patsy ein. Es gibt ebenso viele Arten von Grausamkeit wie Farben im Regenbogen.

»Sie werden es ihm sagen müssen, sonst wird er sich nicht damit abfinden.«

»Er wird sich sowieso niemals damit abfinden«, sagte Patsy. »Ich kenne ihn.« Wie kommt es, daß in dem Augenblick, in dem man seine Gedanken in die Tat umsetzt, alles schiefgeht? Solange man sie im Kopf hat, weiß man, was zu tun ist, aber dann kommt es immer anders. Sie brach in Tränen aus. Frustration, Ärger, Enttäuschung. So viele Gefühle durcheinander. Sie wandte den Kopf ab und wischte sich die aufsteigenden Tränen mit dem Arm ab.

»Ich will Ihnen helfen«, sagte Willa. Sie

dachte: ›Wer wird mich nun vor Herodes schützen, an wen werde ich mich wenden, wenn dieses Klopfen an der Tür, das Läuten, die Berührung der Schulter mich überfällt?‹ Sogar sein Gesicht, an das sie nicht mehr gedacht hatte, kam ihr wieder in den Sinn, sein geduldiges Ikonengesicht, die hohe, bleiche Stirn, die nachdenklich starren Züge, ein mitleidiger Ausdruck, der sich als bloße Selbstbemitleidung herausstellte.

»Ich werde es selbst tun«, sagte Patsy resigniert.

Willa fand, sie sollten etwas trinken. Sie rannte durch den Garten. Immer noch rennend, kam sie durch das Wohnzimmer ins Haus und holte aus dem Eckschrank zwei der besten Gläser. Der Wein stand an einem kühleren Platz. Sie nahm den altmodischen Korkenzieher mit, weil Patsy gern Barmädchen spielte, die Flasche zwischen die Knie klemmte und mit aller Macht zog. Beim Ziehen schoß ihr das Blut in die Wangen.

»Eine Aufgabe für Sie«, sagte Willa und reichte ihr Flasche und Korkenzieher.

Aber als Patsy die Flasche aufzog, rannen ihr Tränen über die vom Blut geröteten Wangen. Sie wollte keinen Wein. Willa bat sie, etwas zu trinken.

»Ist er nett?« fragte Willa freundlich.

»Er hat rotes Haar«, antwortete Patsy. Warum war sie immer diejenige, die sich opfern mußte? Wenn ihre Mutter die Hemden der Junggesellen mit nach Hause brachte, mußte sie sie waschen – Stunden verbrachte sie am Waschfaß; als sie Tom kennenlernte, arbeitete sie mit einer Bande Mädchen zusammen, und da wäre sie gern jahrelang geblieben, aber er war auf eine kleine Wohnung aus, und ob sie nicht ebensogut heiraten könnten, wenn sie schon miteinander gingen, und sie gab nach. Nett! Das einzig Nette in ihrem ganzen Leben war, sich hinzulegen, aufstehen, Räumlichkeiten ohne ein einziges Möbelstück, nett vorher, dabei und nachher, und tagelang lief sie dann mit einem Schmerz umher, dem Schmerz, weil sie ihn soviel gehabt hatte, und dem anderen Schmerz, weil sie ihn noch mehr wollte.

Sie hoben die Gläser und sahen einander einen Augenblick rosig und glücklich durch die rosa Flüssigkeit, aber schon als sie tranken, wußten sie, daß ihre Freundschaft zu Ende war. In ihren Blicken lag kein Vertrauen mehr. Jetzt waren sie andere Menschen.

»Sie können nächste Woche gehen«, sagte Willa.

»Ja, nächste Woche«, wiederholte Patsy geistesabwesend. Auch wenn sie, trotz Willa, jetzt ginge, könnte man sie aufspüren. Sie hatte zuviel gequatscht. Tom würde sie finden. Ein neuer Mord für die Nachrichtensendungen der nächsten Tage.

»Und dann wird Ihnen wohler zumute sein«, sagte Willa idiotischerweise. Patsy lächelte.

Die Sonne schien sehr klar, und auf dem rotgefleckten Korken war deutlich das Wort Portugal zu lesen.

Ein Telegramm wurde geschickt. Patsy hatte wieder ausgepackt. Wie eine richtige Familie setzten sie sich zu Tisch. Geschmortes Rindfleisch. Orangenschale in der Sauce. Tom fischte erst die Schalenstückchen heraus, dann begann er zu essen, heißhungrig.

»Ich habe ein Zimmer abgebrochen, bis aufs Gerippe.«

»Vierzig Leute habe ich unter mir und bin besser in Form als irgendeiner von ihnen.«

»Zimmer haben Rippen wie jeder andere auch.«

»Bügele meine Hosen. Ich bin zu einer Hochzeit eingeladen.«

Tom redete. Das war Toms große Stunde. Zurück vom Häuserabbruch, die Füße schweißig, die Hände gewaschen, die Augen noch zwinkernd von den Staub- und Mörtelschauern, die sich den ganzen Tag über ihn ergossen. Das Haar gekämmt, die Stirnlocke an Ort und Stelle, triefend von Haaröl.

Das Haaröl schimmerte in der Sonne. Das Haar selbst hatte einen roten Glanz.

»Sie haben einen roten Stich im Haar«, sagte Willa.

»Du lieber Himmel«, murmelte Patsy vor sich hin.

»Wenn Sie sich einen Bart stehen ließen, würde er rot sein«, fuhr Willa fort. Tom sah sehr erfreut aus. Er legte viel Wert auf seine Erscheinung, und Willa wußte das. Mit seinem Gang und seinem Haar verriet sich Tom am meisten. Er hatte einen wiegenden Gang, den etwas großspurigen Gang, dessen sich Männer in ländlichen Tanzlokalen befleißigen, wenn die Musik einsetzt und sie durch den Saal gehen, um ein Mädchen aufzufordern. Sein Haar kämmte er dann und wann während des Tages. Überall hatte er Kammstückchen herumliegen, abgebrochene Stückchen alter Kämme.

»Ich hatte einen erfreulichen Tag«, sagte er. Sie rissen ein Haus auf dem Lande ab. Früher mal ein schönes Haus gewesen. Eine Menge Tennisplätze, Klosetts, deren Schüsseln so geformt waren, daß genau zu sehen war, was man geleistet hatte, natürlich waren die Klosetts nicht mehr angeschlossen, was aber einige der Kollegen nicht hinderte ... Herrliches Wildgehege, konnte Fasanen mit den bloßen Händen fangen. Vor einer Woche hatten sie angefangen und waren mit dem Haus schon fast fertig. Stockwerk um Stockwerk, Zimmer um Zimmer, wunderbar, wie sie am Seil zogen und warteten, daß alles zusammenstürzt.

»Wir hatten auch einen erfreulichen Tag«, sagte Willa. »Wir haben die Mauer gestrichen.« In Wirklichkeit hatten sie noch nicht einmal die Hälfte geschafft. Von dem Augenblick an, als Patsy ihre Neuigkeit verkündete, hatten sie nicht mehr gearbeitet, sondern nur noch geredet. Am meisten Willa. Zuletzt ging Patsy weg, um allein zu sein.

»Weiße Hochzeit«, sagte Tom und holte die Einladung heraus. Kleine silberne Glocken waren um die vier Ecken gemalt, Silberschrift, sein Name in Druckbuchstaben, alles vortrefflich bis auf die Tatsache, daß die Hochzeit in Südafrika stattfand. Er zeigte seiner Frau die Einladung. Ihr Name stand nicht darauf.

Patsy schaute hin, sagte aber nicht »Na wenn schon« oder dergleichen. Sie war still, kaute langsam und lustlos ihr Essen, schweigend und verbiestert.

»Wissen Sie ... ich glaube, ich habe die Karotten falsch geschnitten«, sagte Willa, um sie aufzuheitern.

»Das habe ich gemerkt«, erwiderte Patsy mürrisch. Diese Taktlosigkeit ließ sich nicht wiedergutmachen.

Tom glaubte, sie müßten sich gekabbelt haben. »Was ist los?« fragte er. Nicht, daß es ihm etwas ausmachte. Er kam besser mit seiner Frau aus, wenn sie und Willa kühl miteinander waren. Manchmal konnte er kaum ein Wort einwerfen, weil sie so viel schwätzten. Manchmal kam er von der Arbeit heim, nichts zu essen oder zu trinken für ihn, und sie schauten ihn an, als ob er kein Recht habe, nach Hause zu kommen. Sollen sie kühl miteinander sein. Höchstwahrscheinlich Geschirr zerschlagen. Patsy hatte kräftige Hände. Dreht beim Abtrocknen die Stiele von den Gläsern ab.

»Verkracht, o weh!« sagte er erfreut.

»Erzählen Sie uns, was es bei Ihnen Neues gibt.« Willa überhörte geflissentlich den Spott.

»Muß ich mal nachdenken, ob es was Neues gibt.« Er schob einen Riesenbissen in den Mund, kaute kaum, dann lächelte er und fuchtelte mit der Gabel herum. »Ach ja, sie haben der Witwe des Negers grünes Licht gegeben, eine Klage einzureichen.«

»Wer soll denn verklagt werden?« fragte Willa.

»Ich, weil ich Vorarbeiter bin und unmittelbar beteiligt war.«

Aber Patsy verharrte in ihrer Träumerei, teilnahmslos und nicht provozierbar.

»Heute ist wieder ein Neger vom Kranbalken getroffen worden, zum Glück keine Zeugen . . . die haben vermutlich alle keinen Grips, bloß Muskeln.«

Willa war verärgert. War das wieder eine Anspielung auf Auro? Die beiden hatten es nicht gern, wenn er kam, stürmten dauernd mit Kohleneimern oder frischem Eis ins Wohnzimmer. Wollten keine Störenfriede. Keinen, der sie ausstechen könnte. Na, das würde jetzt anders werden. Willa fragte sich, wie Tom es wohl aufnehmen werde. Ob er gewalttätig wird, weint oder sich eine Woche lang betrinkt? Vielleicht wird sie die Polizei rufen müssen. Das hatte sie in ihrem ganzen Leben noch nie getan. Beschämend. Das Essen fällt einem nicht leicht, wenn man all das weiß, was sie wußte, aber sie brachte es fertig und tat so, als sei alles in Ordnung. Armer Tom, er hatte noch keine Ahnung. Arme Patsy, die glaubte, es könne ihr abgenommen werden, aber das geht nie. Arme Willa, die einer noch schlimmeren Einsamkeit entgegenging.

»Aber sie können doch nicht Sie verklagen, sie müssen den Chef verklagen«, sagte Willa.

»Das ist mir doch ganz egal«, sagte er und lachte vor sich hin. Patsy fragte, was so komisch sei. Er werde bestimmt fünfzig Pfund gewinnen, erklärte er, wenn ein Pferd beim nächsten Rennen auf Platz kommt. Patsy sagte, das habe sie schon früher gehört. Wenn sie gewonnen haben, verkündete er, dann würden sie nach Paris fahren und in die Folies gehen.

»Großartig«, sagte Patsy, weil sie es nicht glaubte. Und wieder kamen Willa abscheuliche Szenen in den Sinn, und ihr schien, sie sei früher schon einmal in genau derselben Situation gewesen, obwohl sie genau wußte, daß das nicht stimmte.

»In Irland wird immer noch gestorben«, sagte sie und deutete auf einen Brief, der im Laufe des Tages gekommen war. Der Tag war so lang gewesen, seit Patsy ihre Absichten kundgetan hatte. Willa las Zeitung – noch eine Katastrophe, mit Napoleons Armee nach Europa gekommene Mollusken verunreinigten Seen und Hafendämme –, hatte dann einen Spaziergang gemacht, drei Aspirin genommen und festgestellt, daß sie immer noch zwei Stunden zu vertrödeln hatte.

»Erhängt oder ertränkt?« fragte Tom.

Verlautbarungen von schrecklichen Todesfällen erreichten sie oft – Männer, die an Bäumen hingen dank ihrer eigenen Pferdeleine, kleinere Heilsbringer, wie Patsy sich einmal ausgedrückt hatte, die irgend jemand dann fand, meist der arme Postbote, weil ruchlose Taten spätnachts verübt und gleich am Morgen vom Postboten entdeckt werden. Männer mit Windhunden und dem Abzeichen der totalen Alkoholenthaltsamkeit, Junggesellen, zu Magengeschwüren neigend, verwegene Männer von überallher.

»Nein, ein zauberhafter Tod«, sagte Willa. Sie wollte ihnen von der alten Frau erzählen, die gestorben war. Das würde sie ohne weitere Zwischenfälle über die Mahlzeit hinwegbringen.

»Sie wohnte fünf Felder entfernt von uns«, begann Willa. »Verwahrte ihre Schuhe für die Messe in einer Hecke, machte einen guten Reispudding mit Rosinen darinnen, trug einen schwarzen Mantel, der ihr bis auf die Knöchel reichte, hatte zerbrochene Rosenkranzperlen, betete laut in der Kapelle, betete für die Toten, ihre Toten – drei Töchter hatten galoppierende Schwindsucht gehabt – und die Toten anderer und war ständig von Gürtelrose geplagt; ihr ganzes Leben lang hatte sie den Wunsch gehabt, einmal spazierenzufahren, aber erst an ihrem Todestag wurde er ihr erfüllt.«

»Im Leichenwagen?« fragte Tom, ein bißchen Respekt in der Stimme. Nein, sagte Willa und berichtete, wie der Förster zu ihr gekommen war, weil er ihr den Berg abkaufen wollte, und wie sie über eine Nebenstraße hinaufgefahren waren, um ihn in Augenschein zu nehmen und über den Preis zu verhandeln. Als dann die alte Frau wieder zu Hause war, klagte sie über

Schwindelgefühl und bat, hinausgebracht zu werden, und sie legte sich unter einen Baum und starb. Willa sagte, es sei der einzige Baum dort.

Sie ließ sich von der Geschichte mitreißen. Sagte, Schwindelanfälle paßten eigentlich eher zu jungen Mädchen, die mit leerem Magen zuviel tanzen. Sie erzählte ihnen – was sie gar nicht wissen wollten –, daß es der einzige Baum war, weil der Wind das Wachsen der Bäume behindert. Patsy wünschte, sie würde um Gottes willen aufhören zu faseln. Willa erzählte ihnen von einer Quelle, die geheimnisvollerweise plötzlich am Fuß des Baumes entsprang und dann ebenso geheimnisvollerweise wieder verschwand. Sie sagte, in dieser Gegend gebe es viel Kalkstein, und der sei zwar unschätzbar für die Landwirtschaft und großartig für den Rhododendron, sauge aber unerklärlicherweise Bäche und Flüsse ein. Die Lehrerin habe ihnen erzählt, daß es in Jugoslawien ein Gebiet mit genau demselben Phänomen gebe. Tom sagte, Lehrerinnen in Irland verstehen ihre Sache. Dann fuhr er seine Frau an, sie solle um Gottes willen den Tee machen. Er trinke seinen Tee gern mit dem Futter, nicht nachher.

»Die beste Zeit zum Sterben ist, wenn einem ein Wunsch gewährt wird«, meinte Willa.

Auro hatte ihr erzählt, das letzte, was ein Erhängter tut, ist zu ejakulieren. Eine Frau auch? Deshalb hat es keinen Sinn, vorher auf die sündigen Bereiche – Lider, Nasenlöcher, Lippen, Handflächen, Fußrücken – heiliges Öl zu schmieren. Was hatte Gott dazu zu sagen?

»Es gibt schlimmere Todesarten, als unter einem Baum zu sterben«, sagte Tom. »Allein vierzig Möglichkeiten, einen Menschen umzubringen.«

»Da sind wir wieder bei der Scheiße angelangt«, sagte Patsy laut und hätte sich fast verbrüht, so rasch goß sie das Wasser aus dem Kessel. Sie wollte nach oben gehen und es ein für allemal hinter sich bringen. Wenn sie ihren Verstand beisammen gehabt hätte, dann wäre sie jetzt schon fast da. Teuflisch.

»Es ist alles eine Frage der Methode ...« Tom überging den Ausbruch seiner Frau. Ihm stand der Sinn nach Plaudern. »Hitler hatte Methode, Shakespeare, Stalin, ein Heilgehilfe zu Hause ...« Zweifellos rechnete sich Tom bei dieser illustren Liste dazu. Willa lächelte, aber aus schierer Nervosität. Die Leute klammern sich daran, etwas zu sein, was sie nicht sind, und wenn sie zu lange daran festhalten, ist es ihr Verderben. Herodes bezeichnete sich als Juden, aber er hatte nichts von jüdischer Art an sich, und wären Herodes' verpflanzte Onkel

Juden gewesen, dann wären sie nicht am Leben. Tatsächlich haben sie den Krieg überlebt und wurden dann mit einer Million anderer als Vergeltungsmaßnahme vertrieben. Zugegebenermaßen wollten sie Juden sein, denn einer von Herodes' Onkeln – ein Geiger von Beruf – hat sich lieber die rechte Hand abgesägt als der Sache des Nationalismus zu dienen. Lauter Büßer! Herodes bestraft sich selbst für ein Verbrechen, das er sich nicht vorstellen konnte, Herodes zweimal vernichtet, kein Deutscher, kein Jude, ein Nichts. Und sie selbst war Komplizin bei dieser Vernichtung, weil sie ihn auf seinen Irrtum nicht hingewiesen hat. Sie mußte Tom sagen, er dürfe sich nicht falsch einschätzen, das mußte sie ihm irgendwann einmal sagen.

Eine schwarze Stadt. Eine Menge hoher Gebäude, aber schwarz von Ruß. Auch die Tauben sind verfärbt. Nicht grau oder blau mit unterschiedlichen Schattierungen auf der Brust. Verrußt. Die Arbeitskollegen unfreundlich, weil er neu war. Was machte ihm das schon aus! Er wartete im Bahnhofsrestaurant und kaufte zwanzig Zigaretten. Normalerweise rollte er sie selbst, aber die wären besser zum Anbieten, wenn sie kommt. Er hatte ihre Lieblingssorte gekauft. Eine Menge Leute hier, aber er blieb für sich. Ein kaum angebissenes Sandwich lag auf einem Teller, das er im Auge behielt. Hatte seit Mittag keinen Happen gegessen. Er trank sein Bier, ohne abzusetzen, nicht aus Angabe, sondern weil er durstig war. Das Wetter war unnatürlich drückend. Die Kellnerin kam und nahm das Sandwich mit. Griesgrämig. Da steckt immer eine schlechte Ehe dahinter. Er lächelte selbst über seinen Witz. Seine Frau sagte, Shropshire sei fast so schlimm wie ein Gefängnis. Dann hatte sie eben keinen Sinn für Natur. Nicht im mindesten.

Ein paar Minuten, ehe der Zug einlaufen sollte, ging er hinaus auf den Bahnsteig und lächelte vor sich hin. Vielleicht trug sie einen Hut oder sonst irgend etwas Ungewöhnliches. Er glaubte, sie werde entweder als erste aussteigen oder als letzte, denn schließlich war es für sie ja ein Abenteuer. Sein Herz klopfte, aber Eisenbahnzüge bewirkten das immer bei ihm, schon seit seiner Kindheit. Wenn sie einen schweren Koffer hatte, würden sie ein Taxi nehmen. Aber wenn sie gern wollte, würden sie laufen. Er war enttäuscht, daß sie nicht als erste ausgestiegen war. Alle Leute sahen verkrumpelt aus, selbst die gutangezogenen. Als schon eine Menge Menschen herausgekommen waren und er immer noch wartete, sah er den Schaffner vom

Ende des Zuges kommen und alle Türen schließen. Er ging durch die Sperre und rief dem Schaffner zu, es sei noch jemand im Zug, aber der Schaffner sagte nein. Als sie aufeinander zugingen, hatten sie eine hitzige Auseinandersetzung darüber, und sein Stottern wirkte sich sehr nachteilig für ihn aus. Sie überprüften die Toiletten, und der Schaffner sagte: »Suchen Sie nochmals alles durch, wenn Sie wollen«, hochnäsig jetzt, da er ja erwiesenermaßen recht gehabt hatte. Keinen Zweck, in den Wagen der ersten Klasse zu suchen. Er überprüfte die Wagen ganz hinten für den Fall, daß sie eingeschlafen war. Der ganze Zug war dunkel. Sie war nicht drinnen.

Er ging wieder ins Bahnhofsrestaurant und bestellte sich einen Whisky. Ein Betrunkener kam herüber, um ihn zu belästigen.

»Haben Sie eine Frau?« fragte der Betrunkene.

»Ja«, erwiderte Ron mürrisch.

»Ich gehe einmal im Monat aus, und sie beklagt sich«, sagte der Betrunkene.

»Ist mir doch egal«, brummte Ron.

»Sind aber notwendige Angaben, verdammt wichtig«, sagte der Betrunkene. Ron konnte das nicht ertragen, er stand auf, trank stehend aus und ging nach Hause.

Das Telegramm war gekommen. Seine Wirtin erwartete ihn damit in der Diele. Er riß es auf. Er las:

HIER KOMPLIKATIONEN. KOMME BESTIMMT NÄCHSTE WOCHE. ALLES LIEBE. PATSY

Er faltete es wieder zusammen.

»Nichts Schlimmes?« fragte die Wirtin.

»Nein«, sagte er. »Nur eine Nachricht.«

»Früher kamen immer bloß Telegramme, wenn jemand gestorben war«, meinte sie.

»Niemand ist gestorben«, sagte er und ging die Treppe zu seinem Zimmer hinauf. Er setzte sich aufs Bett, holte sich den Laib Brot heran, hielt ihn in der Armbeuge und schnitt eine Scheibe ab.

Das Brotmesser machte Rillen auf der Butter, als er sie verstrich. Erinnerte ihn an seinen ältesten Sohn – komische Zeichnungen machte der. Steine mit Gesichtern, eine Frau, halb Frau, halb Nähmaschine. Die einzigen anständigen Staatsbürger – Kinder.

Er las das Telegramm nicht dauernd wieder. Der Typ war er nicht. Etwas haßte er, und zwar wenn jemand versuchte, ihn zum Narren zu halten. Lügen haßte er. Komplikationen! Kalte Füße werden's wohl eher sein. Nachdem er gegessen hatte, nahm er einen Bleistift und spitzte ihn mit dem Brotmesser. Hatte noch nicht angefangen weh zu tun. Wie wenn ein Zahn gezogen wird und der Kiefer stundenlang betäubt ist. Das Herausreißen spürt man gar nicht. Später würde er's spüren, aber dann wird er über andere Mißlichkeiten nachzudenken haben. Er zog die Briefe unter der Matratze heraus, und als er nach dem suchte, den sie geschrieben hatte, nachdem er hierhergekommen war, fiel sein Blick auf:

»Wichtig ist nur, daß wir uns lieben (Ja, Liebling). Küsse und Odekolonje (deine Sorte).

Ich stellte die Möbel um, stelle sie dauernd um (schrullich).

Ihr Benehmen ist gemein, Faustschläge, Prügeln, Streitereien, bei uns wird Liebe herrschen, unsere dämliche Liebe.«

›Dämlich stimmt‹, dachte er bei sich, als er nach dem Brief wühlte, den er suchte; er las ihn sorgfältig, was er an dem Morgen, an dem er ihn bekam, nicht getan hatte, weil er so erfreut gewesen war.

»Tut mir leid, daß ich so nervös bin. Das Leben ist eine mörderische Angelegenheit. Ich vertraue Dir, nur gibt es ein paar sehr kindische Leute auf der Welt, tatsächlich haufenweise, und wenn kindische Leute sich gekränkt fühlen, werden sie tückisch. Glaube nicht, daß man sie dauernd beschupsen kann, man kann es nicht.«

Das war der springende Punkt. Liebesgeflüster, alles leeres Geschwätz. Peckham war eine

Abendunterhaltung gewesen, wie wenn man zum Hunderennen geht oder sich einen antrinkt. Darauf war sie nicht vorbereitet gewesen. Frauen haben keinen Mumm. Ein Mann würde nicht so sein Wort brechen. Fein eingefädelt. In einer schmutzigen Stadt und keinen einzigen Angehörigen. Die Kumpels im Hafen feindselig gegen ihn, weil er neu war. In Shropshire konnte er wenigstens abends weg, konnte an die frische Luft gehen und die Vögel singen hören. Er wußte, was er ihr zu sagen hatte. Nichts Unfreundliches. Er war verbittert, aber das würde er nicht zeigen. Er las den Brief noch einmal durch und war damit zufrieden, denn er war sehr maßvoll im Ton. Er machte einen Gummiring um den Stapel ihrer Briefe. Papier und Bindfaden zu finden war das Schwierigste. Er nahm das Papier, in dem das Brot eingewickelt gewesen war, es war ein bißchen dünn, würde aber wohl gehen. Mit dem Bindfaden mußte er warten, bis er am Morgen welchen besorgen könnte.

Tom erklärte Willa die Schlagtechnik. Demonstrierte sie an einem Bleistift. Der zerbrach. Sagte, er könne dasselbe mit einem Brett machen.

»Wir wissen es, wir wissen es«, sagte Patsy.

An dem Abend, als er es in der Kneipe machte, hatte Ron gemeint: »Ihr Mann ist ein Mordskerl.« Weiter nichts.

»Beeil dich«, sagte Patsy und schaltete die Tischlampe aus. Sie wünschte Willa eine gute Nacht, und Willa wünschte ihr dasselbe.

»Sei nicht so ungeduldig, Frau«, sagte Tom. Er habe mit Willa Geschäftliches zu besprechen. Stellungswechsel. Willa und Patsy bekamen es mit der Angst, ob er wohl etwas gehört habe.

»Sie wollen mich als Gewalttätigkeitsexperten bei einer Fernsehgesellschaft haben.«

»Einen solchen Posten gibt es nicht«, sagte Willa und lächelte erleichtert.

Er stand auf, zog sie hoch, hob die rechte Hand, ballte die Faust und redete rasch. Er sprach von nicht mehr existierenden Röntgenapparaten. Dann sprach er von dem Aktbild einer Frau an der Wand und daß Amoretten um sie herum sein sollten, um ihr Haar hochzuhalten. Willa sagte, die nackte Frau sei ein enttäuschter Mensch und habe andere Sorgen als Amoretten. Während Willa das sagte, haute er ihr kräftig auf die Nase. Sie hob instinktiv die Hand, um sich zu schützen. Zu spät. Genau, sagte er. Dafür sei ein Gewalttätigkeitsexperte da, sagte er. Um Schauspielern beizubringen, wie man das Opfer überrumpelt, wie er das bei ihr gemacht habe. Er machte es noch einmal im Zeitlupentempo. Ihr lief Blut über die Finger.

»Man muß die Hand heben, den Betreffenden in ein Gespräch verwickeln, und dann zack . . .«

Erst da merkte er, daß ihre Nase blutete, er trat einen Schritt zurück und entschuldigte sich. Patsy knipste die zweite Lampe wieder an. Er sei ein ungebildeter Mistkerl, sagte sie. Willa setzte sich hin und hielt den Kopf nach hinten. Sie trank ihren Tee, und hinten in der Kehle vermischte sich der Blutgeschmack mit dem Geschmack des Tees.

»Das hättest du nicht getun haben dürfen«, sagte Patsy.

›Getan‹, korrigierte Willa aus Gewohnheit im Geist.

Tom drückte Willa die Autoschlüssel ins Genick und entschuldigte sich immer noch. Als das Bluten aufhörte, setzte sie sich auf und hielt sich für alle Fälle noch ein Taschentuch vor die Nase. Tom fragte, ob sie irgendwo hinfahren wolle. Sie schüttelte den Kopf. Sie wollte allein sein. Zum zweitenmal wünschten sie und Willa einander gute Nacht, und Willa winkte ihr fröhlich zu, um ihr ein bißchen Mut für das zu machen, was sie zu tun hatte.

Regen. Vom Wohnzimmerfenster aus schaute Willa ihn sich an. Ein dünner Regen, der alles einhüllte: den Geräteschuppen, die Blumen, die Blumenstengel, der sich wie ein Leichentuch über alles legte. Es mußte regnen. Ein neunjähriges Kind, dem sie sehr zugetan war, schrieb es alles für sie auf und überreichte es ihr auf einem Notizblock. Seine Hände geschmückt mit billigen Ringen. Ein Ring auf jedem Finger. Er bekam sie statt Bezahlung, wenn er auf dem Rummelplatz arbeitete, ein kleiner neunjähriger Junge, dem sie sehr zugetan war, der sie aufzuheitern vermochte: »Das bekam ich für dich, Willa, das habe ich für dich gemacht, Willa, das habe ich für dich geschrieben, Willa.«

Und sie las:

»Wolken bestehen aus winzigen Wassertropfen. Deshalb können sie schweben. Die Wolken schweben, weil die winzigen Wassertropfen länger brauchen als etwas Festes, bis sie herunterkommen. Die Tropfen sind so klein, daß eine Million auf einem Penny Platz haben. Weißt

Du, warum immer Wolken da sind? Wenn es regnet, kommt Wasser herunter. Dann verwandelt es sich in Dampf, steigt auf und wird wieder eine Wolke. Manchmal kann man sehen, wie das vor sich geht. Erst sieht man einen winzigen Wolkenschleier, und langsam wird er größer. 1931 stieg Professor Piccard in einem Freiballon 16 000 Meter hoch. Er entdeckte eine Menge über die Wolken. Es gibt drei Arten von Wolken:

1. Kumulus, das sind Haufenwolken,
2. Zirrus, das sind Streifenwolken,
3. Stratus, das sind flache Schichtwolken.«

Ein kleiner neunjähriger Junge, dem sie von allen Menschen auf der Welt am meisten zugetan war. Arme, dünn wie Stöcke. Warum griff ihr der Anblick seiner Arme immer so ans Herz? Weil sie so verhungert, so entsetzlich verhungert aussahen, und seine kleinen Geschlechtsteile so schlaff und seine Haut nach dem Baden so schuppig, und die Schuppen so weiß wie Talkumpuder. Sie hatte ihn damals betreut, als seine Mutter einen Nervenzusammenbruch hatte. »Was möchtest du?« hatte sie gefragt, nachdem sie ihn gebadet hatte. Glaubte, er würde sagen: »Kakao im Bett«, aber er sagte: »Daß du meine Mammi bist«, und sie verknotete seine Schlafanzugkordel und trug ihn ins Bett, aber als es seiner Mammi besser ging, schickte sie ihn wieder nach Hause. Immer schickte sie Menschen nach Hause: den kleinen neunjährigen Jungen, Auro, Patsy, Tom, immer gab sie so viel und zog sich dann zurück aus Angst vor der ewigen Verantwortung für sie. Alle außer Herodes. Sie sollte jetzt oben bei ihnen sein und ihnen helfen, ihre größte Krise zu überstehen, sollte als Schiedsrichter fungieren, sollte mit Tom über die verborgenen Absichten des Herzens sprechen, sollte sie für diese Stunde stärken, in der alle anderen Stunden ihres Lebens zu einer grausamen Szene zusammengepreßt werden, aber nein, sie war unten in ihrer Dämmerwelt und trank Whisky. Es war ihre Absicht, sich zu betrinken, in diesen verantwortungslosen, wenn auch freudlosen Zustand hineinzugleiten. Was bist du? dachte sie. Ein Mensch, der sein Vaterland nicht liebt, eine Frau, die keinen Mann lieben kann, eine Frau ohne Kind, die immer nur von Liebe schwätzt. In einer Beziehung beneidete sie Zwerge. Hatte sie je in ihrem Leben das Schwierige getan? Tue es, sagte sie. Rette die beiden. Geh hinauf und tue es. Aber sie trank noch einen Whisky und schaute hinaus in den dünnen Regen. Den Rasen entlang zog sich die weiße Spur, die entstanden war, als Patsy fluchend wegging, den nassen Pinsel in der Hand, den nassen Pinsel, von dem die Farbe tropfte.

Sie trank den Whisky und schlich nach oben, um vor ihrer Tür zu lauschen. Fernsehen war an, und sie schienen miteinander zu reden. Keinen Zweck, sie zu stören, wenn Patsy es ihm noch gar nicht gesagt hatte. Sie konnte wegen des Fernsehens kein Wort hören. Was ging da drinnen vor? Ihre Art war ihr so fremd, so fern. Auf einem rührseligen Rundgang wanderte sie durch das Haus von einem Zimmer zum anderen. Sie sollte diese Zimmer mit Menschen füllen. Kein Mangel an Bewerbern. Einmal kam eine Wagenladung voller Inder an und fragte nach Zimmern. Lauter Männer. Sie zählte sie nach den Turbanen. Sie sahen hinterhältig aus, wie sie da in diesem kleinen Wagen eingepfercht waren und um Unterkunft baten. Sie sagte, sie sei selbst Ausländerin. Als sie so von Zimmer zu Zimmer ging – sechs waren es insgesamt –, schloß sie die Fenster. Etwas Regen war hereingekommen, aber nichts Schlimmeres. Regen, der den Parkettboden unter den Fenstern verfärbte. Jahrelang würden diese Flecken da sein – und sogar dunkler werden, und sie könnte dann jemandem von einem bestimmten Abend erzählen, an dem sie gesehen hatte, wie ein Teil der Verfärbung entstanden war. Zumindest lernte sie die Geheimnisse ihres Hauses kennen und seine allmähliche Wertminderung, selbst wenn sie seine Bewohner nicht kannte. Manche Leute behaupteten, ein Nervenzusammenbruch kündige sich an, wenn jemand stundenlang hintereinander auf einen Knopf starrt. Das wollte sie gern glauben.

Auf dem Weg nach unten lauschte sie noch einmal und meinte, sie stritten sich, aber sie war nicht sicher. Ihr schoß der verrückte Gedanke durch den Kopf, sie könnte klopfen und sie zu einem Glas Sekt einladen, aber sie kam gleich wieder zur Vernunft. Unten im Wohnzimmer begannen die Vorhänge, als sie nur leicht die Schnur berührte, wie Bäche zu fließen, Laufrollen glitten sanft über gutgeölte Schienen, die Vorhänge trafen sich in der Mitte, roter Samt schloß das Gartendunkel aus, und in den tiefen Falten war dieses Rot verdichtet und verstärkt, so daß der Raum Bouquet hatte. Alle Lampen knipste sie an, schenkte Whisky in ihr Glas nach und setzte sich hin, sehr korrekt in Schwarz, als wollte sie ihren Kummer ausagieren.

Tom fiel vor seiner Frau auf die Knie. Nannte sie Liebling. Nannte sie »Baggie«, sein Kosename für sie. So hatte es ihn gepackt. Sie würden alles tun, was sie wollte. Er würde die Stellung aufgeben, sie könnten nach Südafrika gehen, Geld für ein Haus aufnehmen, was immer sie wolle. Er sagte, er liebe sie, und niemand könne ihm das nehmen. Er fragte, ob sie sich denn nicht an den Tag an der See erinnere, wie glücklich sie da waren, sie im Schlüpfer, und wie die Wellen sie überrollten und der Schlüpfer vom Wasser aufgebläht wurde. Wie sie gelacht hatten. Wie sie auf dem Wasser lag wie eine von den Robben. Wie er sie geliebt hatte. Ob sie sich darüber klar sei? Sie sagte, es gebe Dinge im Leben, die sie nicht verstehe, und eins davon sei Liebe. Er sagte: »Sag, daß du mich liebst.« Sie brachte es nicht fertig. »Baggie«, bat er flehentlich. »Sag, daß du mich immer lieben wirst«, und als sie es nicht tat, stand er auf und haute sie mit voller Wucht auf die rechte Wange, und einen Augenblick war sie wie betäubt. Dann sagte sie, er habe Glück gehabt, daß sie die Brille nicht aufhatte.

»Ich bringe ihn um, verstehst du, ich bringe ihn um«, sagte er und zog sie an den Haaren hoch, dann legte er ihr die Hände um den Hals und preßte die Daumen auf ihren Kehlkopf. Sie konnte nicht sprechen, sie konnte nicht sehr gut schlucken, sie mußte zuhören.

»Bis er nichts als Brei ist Brei und Heulen und Zähneklappern und sein Gehirn kannst du als Andenken haben du und ich kamen sehr gut miteinander aus und daß seine Stunden gezählt sind und es kein Zurück gibt das weiß er gar nicht ich habe meine Methode das Grinsen wird dir schon vergehen dich aus dem Hause zu lassen war der Fehler Geld für ein Korsett na lange beschupst mich keiner o nein Freundchen du hast mit ihm über unser Privatleben gesprochen ich und er in Konkurrenz wo habt ihr's getrieben auf der Straße wie Hunde jeder neue Besen kehrt gut und du hattest die Stirn meine Technik von hinten mit seiner zu vergleichen hast mich mitten in der Nacht aufgeweckt ich würde sagen das ist nicht recht von dir wenn du's dir richtig überlegst kannst du nicht einfach zur Tür hinausmarschieren und mich dasitzen lassen mit einer Rundfunkgenehmigung und einem Haufen schmutziger Wäsche so er ist das der Kerl der Pfeilwerfen spielt dreckiger Hund das sage ich seiner Witwe das sage ich ihr niemand vermasselt mir meine Ehe wo hast du gesagt wohnt er je schneller wir das hinter uns bringen . . .«

Die ganze Zeit, während er geredet hatte, hatte sie versucht, ihren Hals freizubekommen, aber vergeblich.

»Antworte mir«, sagte er und lockerte seinen Griff.

»Wie zum Teufel kann ich antworten, wenn du mich würgst.«

»Nichts gegen das, was dir noch blüht, nichts gegen das, was dir noch blüht . . .«

Er ging auf und ab und schüttelte die Hände, als ob Wassertropfen darauf seien. Lockerte die Hände. Bereitete sich auf die nächste Runde vor.

»Zieh dich aus, zieh dein Adamskostüm an«, sagte er.

»Ich dachte, du willst nach Peckham und ihn umbringen.«

»Erst haben wir was zu erledigen«, sagte er. »Ich bin soweit«, und er knöpfte sich die Hose auf und ließ sie hinunter.

Sie stand ganz still und wußte nicht, was sie tun sollte, um ihn aufzuhalten. Dicke Tränen liefen ihr plötzlich über die Wangen. Er sah es, und in seinem Blick schimmerte die Hoffnung auf, er habe gesiegt.

»Du hast mich gehört.« Er stolzierte einher wie ein Schwerathlet.

»Ach, um alles in der Welt«, seufzte sie und legte die Hand über die Augen, um nichts mehr sehen zu müssen.

»Hast du Angst?« fragte er.

»Ekelhaft ist es, weiter nichts«, sagte sie, und er fing an zu brüllen und sie zu schlagen, bis sie nicht mehr wußte, was vor sich ging. Sie duckte sich nicht und verteidigte sich nicht. Sie wußte, das war etwas, was er einfach tun mußte. Dann zog er ihr soviel Kleidungsstücke aus, wie notwendig, und ihr drehte sich alles im Kopf, und es machte ihr nicht viel aus.

Sie lagen im Bett, als es an der Haustür schellte. Patsy versuchte, sich unter ihm herauszuwinden. Ihr fiel das Pferd ein, unter dem sie einmal hatte hervorkriechen müssen, aber das hier war schlimmer.

»Ich werde lieber aufmachen«, sagte sie.

»Nichts wirst du aufmachen.«

»Willa hat abends Angst, wenn es läutet«, sagte sie.

»Willa kann mich am Arsch lecken.«

Sie hatte gar nicht gewußt, daß er so grausam sein konnte.

Es hatte mehrmals geläutet, ehe Willa es wagte, zur Tür zu gehen. Sie dachte, Tom oder Patsy würde es tun, aber keiner von beiden tat es. Die Briefkastenklappe war angehoben, und durch den Schlitz drang ein Pfiff in die Diele. Sie machte die Tür auf und ließ ihn erfreut herein.

Er trug einen Pelzmantel über dem Arm.

»Ich freue mich, dich zu sehen«, sagte sie, bewußt untertreibend. Auro antwortete nicht; er lächelte nur und folgte ihr ins Wohnzimmer. Der Raum wirkte so behaglich wie immer, und er war froh, wieder da zu sein.

»Schau mich an«, sagte er.

Sie trat einen Schritt zurück. Immer, wenn sie sich wiedersahen, mußte sie in Bewegung bleiben, um ihre anfängliche Verwirrung in Schach zu halten.

»Ich kam, um nachzuschauen, ob es dir gutgeht«, sagte er.

Oh, welche zärtliche, verpflichtende, vielversprechende Gemeinsamkeit maß sie diesem kleinen Satz bei.

Er schüttelte den Mantel, den er auf dem Arm getragen hatte, um ihn von seinen Falten zu befreien.

»Den habe ich für dich ergattert«, sagte er.

Es war ein weißer Pelzmantel mit riesigen, unregelmäßigen schwarzen Flecken. Das Fell war langhaarig, und die Flecke waren wie große Augen. Er ging auf sie zu und schwenkte den Mantel wie einen Köder.

»Bist du deswegen gekommen?« fragte sie und dachte, ihr Gebet müsse erhört worden sein.

»Ja, ja, um zu sehen, wie es dir geht . . .« Er sagte nicht, du hast mir gefehlt, er sagte nicht, du hast ein gewisses Etwas, er sagte nicht, ein Mann hat so manche Geschmacksknospe, obwohl all das wahr gewesen wäre. Er konnte nicht sagen: ›Beryl wollte nicht reden, Beryl wollte nicht kochen, Beryl wollte nicht mit mir schlafen.‹

Er schwenkte den Mantel und wiegte sich beim Gehen, als er sie durch den ganzen langen Raum verfolgte, bis sie sich hinter die Vorhänge in der Fensternische zurückzog, wo es für sie natürlich keinen Ausweg mehr gab und er sie erwischte. Sie rettete sich in den Mantel, schlüpfte nicht in die Ärmel, sondern schmiegte sich in das Seidenfutter, umfangen von seinen Armen, ihr Kinn ruhte auf dem haarigen Kragen, dessen Weichheit sie empfand, ihre Wange berührte die seine, und sie hörte ihn sagen, wie er sich freue, wieder da zu sein. Flüsternd. Sie schnurrte vor Behagen, beschirmt und behütet in seinen Armen, im Mantel, in der Fensternische. Die Beweglichkeit seiner Hände, als er den Mantel vom Arm genommen und geschüttelt hatte, ganz im Gegensatz zu ihrer Reglosigkeit, als er sie umfing. Er trug noch das Armband und den Ring, die, wie er sagte, nichts bedeuteten, ihm aber die Frauen vom Hals hielten.

»Beim Abendessen ist nichts übriggeblieben«, sagte sie.

»Wir gehen aus.«

»Ich habe schon gegessen.«

»Dann ißt du eben noch mal«, sagte er, steckte ihre Arme in die Ärmel und küßte sie auf dem ganzen Weg bis zur Tür. Sie ging rückwärts, er vorwärts, doch nur aufs Küssen be-

dacht. Zweimal stießen sie ans Treppenge-
länder.

»Einen Augenblick«, sagte sie und rannte
nach oben, um Patsy Bescheid zu sagen.

Ihr Licht war aus, und als sie klopfte, fragte
Tom, was sie wolle.

»Ich gehe mal kurz weg«, sagte sie leise.

»Wir sind schon im Bett.«

Kein Mucks von Patsy.

Im Dunkeln schimmerte der Mantel seltsam.
Es standen keine Sterne am Himmel, und die
Straßenbeleuchtung war ausgefallen. Der Mantel schimmerte wie ein Tier, ein lebendiges Tier
mit riesigen, wachsamen Augen.

»Ein Tier der Tundra«, sagte sie. Nicht, daß
sie je eins gesehen hätte.

»Ziege«, sagte er, »oder scheckiges Pony.«
Sie dachte an geduldige Ziegen, an Zäunen an-
gepflockt, und an Ponies, die ungestüm in frei-
er Wildbahn durch den Regen galoppieren.

»Gesprenkelt«, sagte sie.

»Wie Neger.« Er stopfte ihr den Mantel um
die Knie, ehe er die Wagentür schloß.

War Beryl schwarz?

Im Restaurant behielt sie ihn an. Die Ärmel waren zu lang und stippten in die Suppe, aber das machte nichts. Sie fragte nicht: ›Warum will Beryl ihn nicht haben?‹ und erlag auch nicht der Versuchung, aus Gemeinheit zu fragen: ›Hat Beryl immer noch dieses verführerische Lispeln?‹ Vielmehr sagte sie:

»Ich hoffe, er bringt mir Glück.«

»Bestimmt«, sagte er. »Er steht dir, und das bringt Glück.«

Sie tranken Wasser, und als er es merkte, rief er laut nach dem Kellner.

»Londoner Wasser«, sagte er. »Wird zuerst in Reading getrunken, in Reading weggespült, draußen in Essex über Rieselfelder geleitet, durch eine Sandschicht gefiltert und Stammgästen in der King's Road in Chelsea wieder angeboten. Ein unerhörter Skandal.« Die Kellner kannten ihn und waren herangekommen, um ihm zuzuhören. Er war nicht oft oder zumindest nicht immer so mitteilsam.

Sie tranken Sekt. Er rührte mit der Gabel in den Gläsern und sagte: »Wünsch dir was.« Sie wünschte sich nichts als einen netten Abend.

In Restaurants dachte sie immer an Herodes, denn in einem Restaurant hatten sie sich kennengelernt. An einem Tag im Frühling, oder vielleicht in einem Winter, der sich als Frühling ausgab. Sie arbeitete jeden Nachmittag drei

Stunden, und immer wieder kam er, der Mischling mit der Mischlingsbegabung und dem braunen Haar, das nach vorn gekämmt war; und nach Tagen des schweigenden Werbens hatte er dann gefragt:

»Seit wann riechen Sie nicht mehr aus dem Mund?« Und diese Worte von so bestürzender Tölpelhaftigkeit hatten alles in Gang gebracht. Sie schaute Auro an und sein wolliges schwarzes Haar und sagte: »Kämm dir niemals das Haar in die Stirn.«

»Warum?«

»Ich mag es nicht, ich glaube, wer diese Frisur trägt, könnte fanatisch sein.«

Er lachte. »Das kann man doch nicht dem Haarschnitt zuschreiben.«

»Kann man nicht, aber ich tue es«, sagte sie. Und dann lächelte sie ihn an.

»Hör mal, erzähle mir etwas Simples, das mit keinem von uns zu tun hat.«

»Zum Beispiel?« Er lächelte sie auch an.

»Zum Beispiel, daß an einem Platz im Zentrum von London die Fenster in den Erdgeschossen abends dunkel sind und in den oberen Stockwerken hier und da hell, weil in den Erdgeschossen Büros sind und oben ein paar möblierte Zimmer. Der Gedanke gefällt mir, warum, weiß ich nicht.«

»Ich aber.«

»Warum?«

»Weil es etwas Simples ist, das mit keinem von uns zu tun hat.« Sie lachten. An diesem Abend konnten sie über alles lachen.

»›Bei Gefahr Scheibe einschlagen und Tür aufklinken‹, steht in der U-Bahn geschrieben«, sagte er.

»Großartig, was es in der U-Bahn alles gibt«, antwortete sie ausweichend. Nahm er Symbole zu Hilfe nach nur einem Glas Sekt? »Aufforderung, Carlyles Garderobe zu besichtigen und ein Lokal mit Kunstschnee, der sich ungefähr wie fester Schnee anfühlt.«

»Du willst, daß ich es tue«, sagte er, »Scheibe einschlagen und Tür aufklinken.« Sie schüttelte den Kopf und sagte gleichzeitig ja und nein.

»Wie ist es dir ergangen?« fragte er dann. Es hätte ihn gefreut, wenn ihre Schwierigkeiten behoben wären, und dennoch wollte er gern der erste sein. Ihre Ängstlichkeit war für ihn ein Nervenkitzel besonderer Art, und jedesmal, wenn er sie sah, mochte er sie um so lieber.

»Mir ist es gut ergangen.« Sie hatte vor, ihm von Patsy und Tom zu erzählen, aber zuerst wollte sie seine Gegenwart genießen.

»Und was hast du getrieben?« fragte sie.

»Ich war in Madrid, beruflich. Hab da eines Abends eine Nutte aufgetan, erste spanische

Garnitur, Señorita und was nicht alles. ›Sind Sie ein großes Tier oder was Besonderes?‹ fragte sie. ›Ich bin Engländerin.‹«

»Und der Schimpanse bedient Hebel im Weltraum«, sagte Willa.

Sie kostete sein Essen, er kostete ihrs, sie achteten nicht darauf, wer kam oder ging, sie saßen an einem Ecktisch und waren einander selbst genug.

»Gibt es irgendwelche neuen Entdeckungen?« fragte er, halbwegs zum Scherz.

»Ja. Weißt du, warum immer Wolken da sind?«

»Ist da ein Haken dabei?« Ihm stand der Sinn nicht nach einer traurigen Geschichte, und Willa hatte unzählige davon auf Lager.

»Es ist eine hübsche Geschichte.«

»Heb sie dir auf.« Fürs Bett, meinte er.

Ob er sie nach Hause bringe? Natürlich. Und er werde sie ins Bett bringen.

»Ich lege mich nur neben dich«, sagte er und bediente sich dieses uralten Sesam-öffne-dich, mit dem schon so mancher Mann in die Schatzkammer so manches Mädchens gelangt war.

»Wir werden uns hübsche Geschichten erzählen«, sagte sie.

»Gut, gut.«

»Flüsternd.«

»Ganz laut. Hipp, hipp, hurra!« rief er, aber niemand achtete auf ihn.

»Ich werde auch nicht fragen, ob du mich mehr oder weniger liebst als die anderen«, sagte sie.

»Mehr.«

»Ich werde auch nicht fragen, ob du mich überhaupt liebst.« Aber schon war ihre Nervosität spürbar. Ihre Stimmlage war deutlich höher. Sie redete zusammenhanglos von allen möglichen Dingen. Könnten sie nicht Chemmy spielen, da es doch ihr Glückstag sei, oder nach Covent Garden gehen und Zwiebeln kaufen, oder warten, bis das Hotel aufmacht, wo poschiertes Ei Benedikt zum Frühstück serviert wird. Er sagte nein zu alledem. Er sagte:

»Schleusentore müssen heruntergelassen werden.« Er bezahlte die Rechnung und geleitete sie durch den schmalen Gang zwischen den kleinen Tischen zur Tür. Die Tische hatten karierte Tischtücher und sahen wie Damebretter aus.

»Hier könnten die Leute Dame spielen«, sagte sie. Sie sprach alles aus, was ihr gerade in den Sinn kam.

Und so ging es mit Unterbrechungen die ganze Nacht – Gewalttätigkeiten, Zänkereien, »Komm, wir wollen spazierenfahren«, dazwischen ruhige Intervalle, Drohungen, Weinen wie ein Kind. Er verlangte, daß sie etwas tat, was sie noch nie getan hatte. Das war das Allerschlimmste, denn ihr war sowieso schon übel, und sie glaubte, sie müsse sich übergeben. Abscheulich. Ein abscheulicher Geschmack. Als sie hörte, daß der Wagen vorgefahren war und sie ausstiegen und lachten, da sagte sie: »Bring mich lieber schnell um, sie sind zurück«, und eine Minute lang sah es so aus, als ob er es wirklich tun würde, aber dann warf er nur einen Teller an die Wand und lachte, als er in Stücke sprang.

»Das ist Royal Crown Derby-Porzellan«, sagte sie.

»Royal Crown kaputt«, erwiderte er, immer noch lachend.

»Sie werden dich hören.«

»Der Nigger und die Hure, la Belle et la Bête«, sagte er, immer noch lachend.

Sie hatte gar nicht gewußt, daß er so bissig sein konnte.

Er machte die Tür auf, um die beiden zu rufen, um Willa wissen zu lassen, daß keiner mit ihm Schlitten fahren könne. Aber als er die Tür aufmachte, sagte er gar nichts.

»Mach die Tür zu«, sagte Patsy.

Nach einer Weile tat er es, und als er wieder ins Bett kam, weinte er, sie weinten beide, aber jeder für sich.

Auro hatte das Messingbett noch nicht gesehen, denn es war neu. In ihrem Verlangen, für ihn bereit zu sein, hatte sie es gekauft. Zugleich mit einem Vorrat Nachthemden, einem Rasierapparat und kontrazeptivem Gelee. Er sagte, er habe Grund zu der Annahme, daß er in einem Messingbett geboren worden sei. Sie fragte, ob er seine Mutter je gesehen habe. Nein, sagte er. Ihre, sagte sie, sei an einem Leberleiden gestorben. Ihr Vater ebenfalls. Dann gehe es ihnen ja gleich, sagte er.

»Weißt du«, sagte sie, »man hört nämlich an dem Tag auf, seinen Eltern Vorwürfe zu machen, an dem man erkennt, daß man ein schlechterer Mensch ist als der, den sie auf die Welt gesetzt haben.«

»Pst, pst«, machte er und knöpfte ihr

Nachthemd auf. Das ging leicht. Sie hatte sich im Badezimmer ausgezogen. Er preßte die Nase an ihre Brust, roch daran, atmete den Geruch ein, dann drehte er den Kopf, um Luft zu holen, lauschte ihrem Herzschlag, küßte sie, rieb die Nase an ihrer Brust, fragte, warum sie zittere, zündete eine Zigarette an und steckte sie ihr in den Mund, fragte, warum sie weine.

»Es ist zu spät, es war immer zu spät, wenn du kamst.«

»Erzähl mir nicht, daß du zu alt bist.«

»Ein- oder zweimal im Leben macht man etwas falsch, und man ist verkorkst – gleichgültig, wieviel Richtiges man tut, die ein oder zwei falschen Dinge zählen.«

»Jetzt kann nichts falsch sein.«

»Jetzt nicht, aber vielleicht später.«

»Was glaubst du, was ich bin?«

»Ich weiß nicht, was du bist. Man kennt einen anderen Menschen immer erst dann, wenn man sich ihm ausgeliefert hat.«

»Das klingt, als ob du von einem Gefängnis sprichst.«

»Das ist es auch.«

»Du meinst, es war eins.« Er sagte das sanft und voll Anteilnahme. Er schaute sie an und versuchte, an ihrem Gesichtsausdruck den Grund für ihre Verwirrung und Zurückhaltung abzulesen.

»War es einer dieser betrunkenen Iren«, fragte er, »mit der traditionellen Sicherheitsnadel am Hosenschlitz?«

Sie schüttelte den Kopf. »Sie haben mich nie angerührt. Ich bin ihnen nie so nahe gekommen.«

»Wer war es dann, der dir etwas zuleide tat?«

»Jemand, der sagte, er wolle mich davor bewahren, über eine Felswand zu stürzen.« Eines Tages würde sie sich von diesem Druck befreien. Sie würde ihm die Briefe geben. Ihm die ganze Herodes-Sage offenbaren, die Geschichte einer Liebe, die so heilsam sein sollte, einer Liebe, die zum Wahnsinn führte.

»Wir alle geraten mal an den Falschen, wir alle sind auf der Flucht vor irgendeinem Mißgriff.«

»Natürlich ...«, sagte sie. Es hatte keinen Sinn, jetzt mehr zu sagen. Wenn sie ihm ein bißchen erzählte, dann würde nur ein Bruchteil der Gefahr angedeutet, und wenn sie ihm die ganze Geschichte erzählte, dann würde er sie voll Abscheu verlassen. Die Tragödie hatte ihre Bedeutung verloren.

Und wer wollte schon mit einer Geistesgestörten zu tun haben?

»Du magst mich, das merke ich.«

»Ja, ich mag dich«, sagte sie matt.

»Und du willst mich?«

»Ich will niemanden.« Was er für Erregung und Begehren hielt, war bloß eine Hysterie des Fleisches, ein Ausschlag, der innerlich ausbrach. Mit ihm hatte das nicht viel zu tun. Mit ihm hatte das nicht genug zu tun. Um dem abzuhelfen, war er nicht nötig. Im Geist hörte sie Herodes lachen. Es war das Gegenteil eines Echos. Es begann leise, wurde lauter und immer lauter wie ein Gelächter, das durch einen Korridor hallt. Auro würde vielleicht nicht lachen, würde ihr vielleicht nicht einmal Vorwürfe machen, aber gewiß würde er verschwinden.

»Du wärst womöglich enttäuscht«, sagte sie.

»Mag sein, oder du wärst womöglich enttäuscht.«

Sie hörten einen Schrei und das Zuknallen einer Tür. Sie sprang aus dem Bett.

»Wer ist da?« fragte er spontan und gab sich dann selbst die Antwort.

»Ach so, das Personal, laß sie nur kommen . . .«

»Patsy und Tom sind in einer miesen Lage«, sagte sie. »Sie verläßt ihn, aber er weiß es noch nicht.«

»Das hätte ich ihm sagen können«, meinte Auro, und sie merkte seiner Stimme an, daß ihm ein wenig die Lust verging, und das wunderte sie nicht.

Wieder im Bett, sagte sie: »Das ist ein weiterer Grund, warum ich nervös bin«, aber er schüttelte den Kopf und sagte, das sei es nicht. Das möchte sie vielleicht gern glauben, aber er wisse, daß es nicht stimme. Er wolle ihr eine Geschichte erzählen, die *Katze in Spanien* heißt. Er sagte: »Eine Katze lag in der Sonne auf der Seite, und ein Kater bumste sie, sie lag gleichgültig auf der Seite, so, wie sie nach dem Fressen dazuliegen pflegte, ein Kater bumste sie, und ringsum lagen Kater, schauten zu und warteten darauf, daß sie an die Reihe kämen, aber vergeblich, die Katze wollte nicht.«

»Ich gebe mir Mühe«, sagte sie. »Ich gebe mir wirklich Mühe.«

»Du machst den Fehler, daß du im voraus alles abwägst.«

»Das habe ich nicht immer getan«, sagte sie. »Das habe ich nicht immer getan.«

Er pfiff durch die Zähne, er pfiff ganz fröhlich. Bald würde er sein Jackett anziehen und gehen. Und wie schon so oft, hatten sie einen Abend begonnen, aber nicht beendet: er konnte nur im Bett beendet werden. Jetzt waren sie wieder auf der Hut, zwei Menschen, die getrennt frühstücken und unterschiedliche Gedanken haben würden.

»Warum gibst du dich überhaupt mit mir ab?« fragte sie.

»Weil ich nicht möchte, daß du so endest wie eine der Frauen auf der King's Road, die ein Paket in braunem Packpapier tragen.«

»Was ist in diesen Paketen in braunem Packpapier?«

»Nichts. Mehr braunes Packpapier.«

So wollte sie ganz und gar nicht enden. Davor hatte sie eine Todesangst. Vor dem Schaufenster eines Auktionators hatte sie einmal einen gewaltigen Schreck bekommen, als sie vor einem Ölofen ein Paar Damenschuhe stehen sah, so hingestellt, wie sie dagestanden hätten, wenn Füße darin gewesen wären, die Schuhspitzen vor allzu großer Hitze nach oben gekrümmt, und in diesem traurigen kleinen Bild hatte sie ihr künftiges Leben vorausgesehen, Altjungfernabende am Kamin, Schuhe, die sich vor Hitze nach oben krümmen.

Sie hielten sich an den Händen, aber das war eine reine Geste der Höflichkeit. Immer fanden sich zur Begrüßung zuerst ihre Hände, strafften sich vor Verlangen, rangen dann miteinander, und wenn es gefährlich wurde, stieß sie ihn zurück, und jedesmal blieb dabei ein bißchen mehr Schmerz zurück, ein bißchen mehr Verlegenheit. Bald würde er es wohl ganz aufgeben.

»Was würdest *du* tun, wenn du eine Frau wärst?« fragte sie.

»Ich würde dauernd Kinder bekommen und mich selbst bedauern.«

»Das würdest du nicht.«

Er zog sein Jackett an. Die hübschen gesprenkelten Schattierungen würde sie nun nicht kennenlernen. Er sagte, er werde vielleicht nach Kanada fahren, um einen Film zu drehen. Neuigkeiten dieser Art, dachte sie, gibt es immer im falschen Augenblick. Jedenfalls werde er sie anrufen, sagte er. Sie wollte ihn hinausbegleiten. Er meinte, ihr Nachthemd würde beim Milchmann vielleicht Anstoß erregen. Aber sie bestand darauf. Als ob auf dem Weg nach unten ein Wunder geschehen würde. Pfeifend ging er den Gartenweg entlang und kickte einen Stein vor sich her. Kein Ärger, als er sich umdrehte und zum Abschied kräftig mit dem Kopf nickte. Er nickte immer so kräftig, um fit zu bleiben. Kein Ärger.

Nach dem Regen war die Luft angenehm mild. Warum können Frauen nachts nicht allein spazierengehen? Sie hielt nach Sternen Ausschau, aber es waren keine zu sehen.

Zurück blieb sie mit dem Lotterbett und den ersten grausamen Pfeilen des Kummers, die sie immer trafen, wenn sie ihn so hatte gehen lassen, unbefriedigt. Messingstäbe, in denen sie sich selbst sehen konnte, Risse an der blauen Zimmerdecke, die fast, aber noch nicht ganz von Farbe übertüncht waren, das Craquelé der Tischlampe; immer dasselbe, ihre weltliche Habe und ihre Gedanken. Jedesmal, wenn er gegangen war, glaubte sie, ihre Ängste würden verflogen sein, wenn er das nächstemal käme. Aber jedesmal glaubte sie es weniger. Du bringst es nicht fertig, sagte sie sich. Du magst das Waschbecken mit dem Handtuch sauberwischen. Du magst einen Traum von Frost in Glas bannen. Du magst mit der Ferse einen Orgasmus herbeiführen. Du magst die Straße im richtigen Augenblick überqueren – oder im falschen Augenblick, weil du es vorziehst, überfahren zu werden. Du magst abnehmen, weil du auf Brot, Kartoffeln, Spaghetti und all die nährenden Lebensmittel verzichtest, nach denen dein sanftes, schwaches, nicht wiederkäuendes Wesen verlangt. Eine Kuh, ohne die Weisheit der Kuh, ohne die Besinnlichkeit der Kuh. Das einzige, was dich aus dem Schlamassel, aus dem Kerker, aus der Vorhölle herausbringen könnte, das bringst du nicht fertig.

Gegen Morgen ging sie nach unten, um sich etwas Milch heißzumachen. Noch nicht rosig, noch nicht golden, nur die Stunde des Fröstelns. Traf Tom unterwegs. Erklärte, sie wolle sich heiße Milch holen. Ihr rasches Atmen verriet sie.

»Ist was los?« fragte er, als er stehenblieb, um sie auf der Treppe vorbeigehen zu lassen.

»Nein«, sagte sie, wenig zum Reden aufgelegt.

»Mir war, als hörte ich Einbrecher.«

»Das war mein Freund, der wegging.«

»Große Anstrengung heute nacht«, sagte er, »die Frauen zu versorgen.«

Sie tat, als verstünde sie ihn nicht. Er streckte die Hand aus, berührte sie aber nicht.

»Sehr hübsches Gewand, ist so etwas jetzt Mode?«

Sie zog den Morgenrock fest um sich und hielt den Kragen zusammen, als sie ihren Weg nach unten fortsetzte.

»Es gibt fünf Arten von Lachsen, aber nur einen springenden Lachs, der schwimmt vom

Meer Hunderte von Meilen flußaufwärts, um zu laichen, und wenn die Jungen ausgeschlüpft sind, schwimmt er wieder die Flüsse hinunter zum Meer . . .«

Sie glaubte, er müsse verrückt sein, und drehte sich nach ihm um. Er las aus der Zeitung vor, und da hatte sie Mitleid mit ihm, denn sie wußte, wie entsetzlich einem zumute sein muß, wenn man in nächtlicher Stunde Zeitung liest. Aber sie ließ sich ihr Mitleid nicht anmerken, weil sie nichts tun konnte, um ihm seine mißliche Lage zu erleichtern. Er las weiter, und aus Höflichkeit hörte sie zu . . .

»Nach etwa zwei Jahren kehren sie zum Laichen zum Fluß zurück und unternehmen es dann ein zweitesmal, das Meer zu erreichen. Die Überlebenschance ist wiederum zwei Prozent.« Er las wie ein Kind.

»Gefährlich«, sagte sie. Sie setzte ihren Weg nach unten fort.

»Ich werde Ihnen helfen«, sagte er und folgte ihr.

Das wollte sie ganz und gar nicht.

Sie hielt die Kasserolle in der Hand und drückte sie auf die Gasflamme, damit es schneller kochte. Er holte ein Tablett und eine Tablettdecke, die er schwungvoll ausbreitete.

»Wir erlauben uns, Katholiken darauf aufmerksam zu machen, daß freitags erlesene

Fischgerichte serviert werden«, sagte er. Das haben sie doch einmal gesehen. Ob sie sich nicht erinnere? In einem der schicken Restaurants, in das sie ihn und Patsy mitgenommen hatte. Patsy konnte das Steak nicht essen, weil es voller Pfeffer war. Bestellte sich Sandwiches.

Nein, sie erinnerte sich nicht.

»Ah, festliche Zeiten«, sagte er; seine Stimme klang mit einemmal entsetzlich dumpf. Sie ergriff das Tablett und eilte hinaus.

»Ich trinke im Bett«, sagte sie.

»Wenn ich mein Schwager wär, würde ich mich Ihnen anschließen.«

Mit knapper Not entkommen. Im Nu hatte sie die Treppe hinter sich gebracht.

Am nächsten Tag ließ sich Patsy überhaupt nicht blicken. Tom brachte das Essen, und Willa wußte nicht, wieviel oder wie wenig ihm gesagt worden war, aber er hatte ein stürmisches Gebaren und behielt den Schlafrock an und entschuldigte sich dauernd deswegen. Einmal schaute sie hinein, Tom saß am Bett und legte Patiencen, Patsy lag im Bett, ihre Wangen so lila wie das Nachthemd, das sie anhatte. Eins von Willas. Eins, das sie bei einem ihrer Fehlschläge mit Auro angehabt und prompt verschenkt hatte, um die beschämenden Erinnerungen zu vermindern.

»Geht es Ihnen gut?« fragte sie Patsy.

»Montag bin ich wieder in Ordnung«, sagte Patsy. Kein Zeichen wurde zwischen ihnen ausgetauscht. Tom saß da wie ein Wachhund. Willa sah ringsum auf dem Fußboden die Scherben von zerbrochenem Porzellan. Patsy erklärte sofort, es müsse der Sturm gewesen sein. Willa sagte, es spiele keine Rolle, und wünschte, sie wäre nicht beim Hinschauen erwischt worden. Dann holte sie ihren Mantel, um ihn zu zeigen. Sie zog ihn nicht über, sondern hatte ihn nur über dem Arm. Patsy meinte, so was tragen die Russen.

»Sie werden ihn versichern müssen«, sagte Patsy. Willa war nicht der Meinung, weil er Ziege sei.

»Ja, es ist Ziege«, sagte Tom, am Saum entlangstreichend. Keiner widersprach ihm. Keinem stand der Sinn danach.

Montag ging Tom nicht zur Arbeit. Der Vorwand war, daß Patsy zum Arzt gehen müsse. Sie sagte, sie gehe allein, sie wolle frische Luft haben. Sie stritten sich darüber ganz schön laut in der Küche. Willa freute sich, daraus zu entnehmen, daß Patsy wieder etwas von ihrem alten Elan hatte. Sie war nicht mehr das apathische lila Opfer, das Samstag im Bett gelegen hatte, matt wie ein Fisch auf dem Trockenen. Patsy setzte sich zur Wehr.

»Ich gehe allein«, sagte sie trotzig.

»Dann geh«, sagte Tom.

»Diese Woche ist die Autoversicherung fällig, du gehst zur Arbeit«, sagte sie.

»Ich werd's mir überlegen«, meinte er, aber er ging nicht.

Er saß in der Küche und legte Pennystücke unter Papier und zog den Umriß jeden Pennys auf dem Papier nach. Willa ging auf und ab und hatte den Pelzmantel an. Es war nicht kalt, aber sie war unentschlossen, was sie tun sollte. Sie wagte nicht, in ihr Atelier zu gehen. Sie wollte ihm auf die Nerven fallen, damit er zur Arbeit gehe. Sie haßte ihn jetzt. Er war auch einer von denen, die die Liebe an die Leine legten. Sie wollte etwas Bissiges zu ihm sagen, etwas, das ihn vertreiben sollte. Als es an der Haustür schellte, stürzte er hin, als ob er jemanden erwarte.

»Gibt es hier eine Josephine O'Dea?« rief er aus der Diele.

»Nein, das wissen Sie doch«, antwortete sie mürrisch.

Kurz danach kam er mit einem Päckchen in die Küche zurück.

»O Gott«, sagte Willa, als sie das zerfledderte Paket sah, zusammengehalten mit grobem Bindfaden und ungleichmäßigen Tupfen von rotem Siegellack, »nun müssen wir's zurückschicken.« Kleine Unbequemlichkeiten erbosten sie.

»Schon gut, schon gut, wir schicken es zurück«, sagte er, um sie zu beschwichtigen. Er streifte den Bindfaden ab. Schon eine Sekunde, ehe der Inhalt aus dem zerfetzten Papier herausfiel, hatte sie die Vorahnung eines drohenden Unheils gehabt; jetzt war der Tisch übersät mit Patsys Briefen. Er griff nach einigen, sie griff nach anderen. Patsy hatte liniiertes Papier, die Rückseite von Rechnungen und Willas Briefbogen benutzt, wobei sie den Briefkopf durchgestrichen hatte.

»Auf frischer Tat ertappt«, sagte er und begann rasch und wie besessen zu lesen, von einem zum anderen gehend, als ob sich seine Augen für das, was sein Verstand aufzunehmen bereit war, nicht schnell genug bewegten.

Willa schaute auf den obersten Brief in ihrer Hand, er war mit Ei bekleckert, sie las:

»Wie steht's mit unserem Vögeln.

Ich schüttelte Dich mit meinem kleinen Federball in Öl – das ist orientalisch.

Er ist so riesig. Meine Hände werden hart aber ich habe Krem draufgeschmiert.«

Es war, als ob der Brief dann und wann während des Tages geschrieben worden sei, und das war er wahrscheinlich wirklich.

»Niemand hört unsere Gebete. Wir reden von verrückten Dingen. Wir sind vielleicht nicht vollkommen aber ideal für einander. Was Liebe fertigbringt. Sind wir Sadisten? Du weißt, ich meine das mit der Verlängerungsschnur. Mordsding.«

»Hören Sie sich das an, hören Sie sich das bloß an«, sagte Tom und las laut vor: »Mir ist sein Wagen jetzt völlig schnuppe und ich hab gar keine Lust, Fahrstunden zu nehmen. Er sagt, es giebt vierzig verschiedene Möglichkeiten, einen Menschen umzubringen, aber das ist alles Angabe, glaube es mir. Nun, mein lieber Ron, will ich dir ein ernstes Wort sagen und lache nicht darüber. Bete daß er abhaut«, und dann hörte er auf zu lesen und sagte: »Himmel, jetzt ist das keine Angabe . . .« Er sagte nichts mehr und las einen anderen Brief.

Willa war fast übel vor Entsetzen.

»Ob ich mit Dir leben will, und wie. Was glaubst Du, warum ich das grüne Nachthemd mitgebracht habe. Dieser Polizist weiß gar nicht, was er verpaßt hat. Wenn er Dich gesehen hätte, wenn ich es selbst gesehen hätte. Bring Spiegel mit. Ich mache nur Spaß. Tu was Du willst, ich hindere dich nicht (nicht die Bohne).«

Tom fluchte, lachte und weinte, alles zugleich. Willa bedauerte ihn jetzt und wußte nicht, wie sie ihn beruhigen sollte.

»Wie finden Sie das?« sagte er und gab ihr noch einen Brief. Er war verkleckst; offenbar waren sein Speichel oder seine Tränen auf die Tinte getropft.

»Wie würde ich Dir mit oben ohne oder so was gefallen. Du bist eine komische Nummer, daß Du rosa Slips willst. Ich habe früher nie Slips getragen. Ich wünschte, ich könnte Dir ein Geschenk machen, das Dir gefällt. Ich muß wirklich nie darüber nachdenken, was ich Dir schreiben soll, mir geht nie der Stoff aus, erstaunlich, ich könnte schreiben und schreiben und schreiben. Es muß Liebe sein. Mach mir ein

Schild ›Eingang verboten‹, um ihn nicht hereinzulassen, ja? Es ist so ekelhaft. Nicht wie Du mit der Zunge, kein Pressen. Ha, ha.«

Ihr erster Gedanke war, daß sie die Briefe nicht lesen dürften, sie waren zu persönlich, zu aufschlußreich und zu schön für jeden außer demjenigen, an den sie gerichtet waren. Ihr nächster Gedanke war, daß da mindestens drei Dutzend kleine Brandbomben auf dem Küchentisch lagen und Tom daran gehindert werden mußte, sie an sich zu nehmen. Sie sammelte die herumliegenden ein und überflog den Brief in einer anderen Handschrift, der dabeigewesen war. In diesem Strudel der Entdeckung war Ron übersehen worden, als ob er für Toms Ermittlungen nicht wichtig sei. Der Brief war klipp und klar, es war darin von seiner Frau, seinen Kindern und dem Fehler derjenigen die Rede, die leichtfertig Versprechungen machen.

»Die nützen Ihnen ja nichts«, sagte sie und nahm Tom einige Briefe ab.

»Herrgott noch mal, die sind unschätzbar«, erwiderte er und nahm sie wieder an sich, während er gleichzeitig einen weiteren las.

»Komisch, daß wir beide von weißen Ratten träumen. Dunkles Fell ist üblicher, aber Träume sind seltsam. Ich nehme an, es waren Willas Teppiche.«

»Wir kommen alle dabei vor«, sagte er, »wir

kommen alle dabei vor.« Er wollte, daß sie auch empört sei.

»Aber es ist doch vorbei, vorbei«, sagte Willa.

»Ach, das setzt noch was.« Er hielt wieder einen hoch. Er konnte nicht aufhören. Er war wie ein Kind, das gerade das Vergnügen entdeckt hatte, vor Zuhörern zu rezitieren.

Er sagte, er wolle die Angelegenheit auch unter dem Gesichtspunkt der Beleidigung überprüfen.

»Zeit ist unwichtig – ich hab das fast alles ausgeknobelt. Gestern nacht im Bett war ich fast eingeschlafen und gab Dir einen Gutenachtkuß und plötzlich warst Du wirklich bei mir und ich hielt Dich im Arm und sagte: ›Ich liebe Dich‹ (wir küßten uns) ›Du bist schön‹ (und wir küßten uns) ›Liebling willst Du mir ein Kind schenken‹ und wir küßten uns und liebten uns und Du sagtest: ›Natürlich will ich‹ . . .«

Er hatte sich so in seine Wut hineingesteigert, daß er es nicht merkte, als Willa sich davonschlich. Sie öffnete die Haustür und zog sie vorsichtig hinter sich zu, bis der Schnäpper den Türsturz streifte, dann steckte sie den Schlüssel ins Schloß und drehte ihn leise um. Wie ein Dieb. Armer Tom. Er würde jemanden umbringen.

Willa wartete an der Bushaltestelle. Es war ein riskantes Unterfangen, aber sie wartete dennoch. Tom könnte als erster kommen. Nichts gab es hier, wo man sich verstecken konnte. Eine Straße mit kleinen Geschäften, mit kleinen Betrieben, Gießereien, Schweißereien, Papierverarbeitung. Sie stellte sich in den Eingang einer Kneipe, die nach einem Baum benannt war, und jedesmal, wenn ein Wagen kam, tat sie so, als wollte sie hineingehen. Sie begann auf- und abzugehen. Sie hatte Angst vor Tom und war plötzlich unerklärlicherweise überzeugt, daß Herodes wieder auftauchen würde. Panik brachte ihn immer zurück. Sie hörte seine Stimme: »Du warst im Begriff, mich zu betrügen.« Diese allzu sanfte Stimme mit den charakteristischen Pausen. An den Pausen merkte man, daß Herodes erst spät im Leben Englisch gelernt hatte, und daran, daß er immer »meiniges« statt mein sagte. Wenn Tom käme, würde sie sagen, sie mache einen Spaziergang, daran könnte er sie nicht hindern. Ja, sie zitterte, aber dem lag noch etwas Schlimmeres zugrunde. Schlechtes Gewissen. Sie hätte Patsy gleich gehen lassen sollen. Was hatte sie bloß veranlaßt, sich so zu verhalten? Dummheit wohl, und Selbstsucht und Angst. Sie brauchte die beiden als Beschützer, darum hatte sie sie überhaupt angestellt, und sie hatte angenommen, sie würden immer bei ihr bleiben. Dabei hatte sie nur außer acht gelassen, daß es auch bei ihnen Krisen geben könnte. Dieselbe Patsy, die in der Schürze den Boden schrubbte und sie sonntags auszog und Karten spielte, dieselbe Patsy, die rot wurde, wenn sie Portwein trank, vermochte zu schreiben:

»Sag mir, daß wir füreinander bestimmt sind.«

»Ich glaube, wir werden beide an gebrochenem Herzen sterben.«

»Freitag abend, als ich die Schuhe auszog, um mich wegzuschleichen, verkochte das Wasser im Kessel, ein Pfeifkessel, stell dir vor!«

Die Ehrlichkeit, die Liebe, die aus diesen Zeilen sprach, machte sie betroffen. Ihr ganzes Leben lang würde sie davon betroffen sein. Da hatte sie sich eingemischt, sie, die große Solistin in der Liebe. Die Patsy, die sie zu kennen geglaubt hatte, war nur ein Teil der ganzen Person. Das war die Frau, die Stunde um Stunde ihre eigenen Gedanken zurückhielt, während sie geduldig Willas Monologe anhörte. Wenn sie nur kommen würde. Vielleicht war sie durch eine der Parallelstraßen gegangen. Willa dachte an ihren Traum, in dem zwei Männer sie erdolcht hatten, und wie lächerlich das nun war im Vergleich mit dem jetzigen Drama. Sie wartete. Las die Reklame an einer Litfaßsäule.

Adjektive im Superlativ. Plakate, die drei verschiedene Zigarettenmarken anpriesen, und eine Reklame für dunkles Brot, auf dem Kaviar und Gurken zu sehen waren, aber kein Brot. Der Chipsladen war geschlossen wegen Renovierung. Aus einem Schornstein stieg Rauch auf, einem gemauerten Schornstein, der nicht höher war als die Fabrikmauer, ein Wachhund hinter einem Tor, seine Zitzen hart und fürchterlich wie die Stacheln auf dem Draht über der Mauer. Auf einem Schild »Freie Stellen« wurden Werkzeugmacherinnen gesucht. Montag vormittag, die Welt ging weiter, Güterwagen wurden rangiert, Mahlzeiten aus Fernküchen herangeschafft, Ausländer mit Pelzmützen besichtigten die Stadt, und Patsy war in Lebensgefahr.

Als Patsy aufstand, um auszusteigen, sprang Willa in den Bus.

»Bleiben Sie, wo Sie sind«, sagte Willa laut. Ihr Aufspringen hatte Unwillen erregt, denn einige Fahrgäste waren noch nicht ausgestiegen.

Sie setzten sich auf die hinterste Bank.

»Briefe von Ihnen sind gekommen«, sagte Willa, plötzlich verlegen. Sie hatte so viele mitgebracht, wie sie konnte. Sie wollte etwas Anerkennendes sagen, etwa, daß es schöne Briefe seien, aber sie wußte, wie belanglos das jetzt war.

»Was gibt er als Grund an?« fragte Patsy ungerührt.

»Ach, Frau, Kinder, Pflicht«, sagte Willa.

»Aha, er hat Gewissensbisse, er hat die Hosen voll«, meinte Patsy, und einen Augenblick lang erwartete Willa, sie würden aufgefordert, den Autobus zu verlassen, denn der Schaffner stand drohend vor ihnen.

»Wir werden noch ein Maul zu ernähren haben«, sagte Patsy. Das sei doch nicht möglich, sagte Willa. Nicht möglich, aber wahr, sagte Patsy. Wie in einem Melodrama, dachte Willa, es passieren zu viele Dinge in zu kurzer Zeit.

»Ich sitze also in mehr als einer Beziehung in der Scheiße«, sagte Patsy und lachte trotzdem.

Alles, was der Schaffner wollte, war das Fahrgeld. Patsy zeigte ihm den alten Fahrschein, und Willa gab ihm Sixpence. Wo sie denn eigentlich hinfahren, fragte Patsy. Zu einem Taxistand weiter oben in der Straße. Willa hatte es sich alles genau ausgedacht. Patsy sollte zu ihrem Freund fahren, bei ihm wohnen, Willa würde auf alle nur mögliche Weise helfen, Willa würde mit Tom reden, ihn irreführen, ihn beschwichtigen und schließlich so weit bringen, daß er sich damit abfindet. Willa wollte der Sache der Liebe dienen.

»Er braucht doch vorläufig von der Schwangerschaft nichts zu erfahren«, sagte sie.

»Er weiß es schon, der Arzt hat ihn angerufen.«

Also schritt er schon rastlos im Zimmer auf und ab und plante ein nur noch blutrünstigeres Verbrechen.

»Warum?« fragte Willa.

»Weil's seins sein könnte«, sagte Patsy und zwinkerte. »Eine Woche der frohen Botschaften!«

Willa hegte große Bewunderung für jemanden, bei dem Liebe, Begierde, Traum und Betrug alle aus einem Guß waren. Sie stellte keine Fragen mehr nach dem Arzt oder wie gründlich die Untersuchung gewesen sei. Vor schwangeren Frauen hatte sie immer Ehrfurcht empfunden, doch jetzt empfand sie noch etwas mehr, und sie wollte diese Gelegenheit ganz besonders herausstreichen und nicht nur das Traurige dabei erwähnen, so daß Patsy später immer sagen würde: »Ich und Willa im Bus an dem und dem Tag, und rate mal, was sie tat.« Aber sie vermochte nur zu fragen: »Wo ist er her?«

»Er ist ein Kerry-Tiger«, sagte Patsy und wurde rot.

Es war unlogisch in diesem Augenblick.

Sie stiegen aus dem Bus aus.

Willa gab ihr etwas Geld, und dann, einer plötzlichen Regung folgend, oder vielmehr, um ihre Bewunderung zum Ausdruck zu bringen, die sie immer verheimlicht hatte, zog sie Auros Mantel aus und schenkte ihn ihr auch.

»Himmel«, sagte Patsy.

»Er soll Ihnen Glück bringen«, meinte Willa.

»Sie erwarten doch nicht, daß ich in Pelzen rumlaufe«, sagte Patsy, aber leise. Wenn Patsy dankbar war, nahm ihre Stimme eine unglaubliche Sanftheit an. Sie zog ihren Mantel aus und schlüpfte in den Pelz. Die Hände steckte sie gleich in die Taschen. Sie fühlte sich wohl darin, sie strahlte.

Und so trennten sie sich, Patsy im Pelz, behaglich und behütet und ein wenig aufgeregt, Willa mit erhobener Hand, eine zum Stillstand gekommene Abschiedsgeste, und sie vermochte einfach nichts zu sagen.

Sie nahm ein Taxi nach Hause. Tom erwartete sie am Tor. Er hatte sich rasiert und einen guten Anzug angezogen.

»Wo ist sie?« fragte er.

»Weg.« Unsinnigerweise war Willa froh über ihren Sieg.

»Ich werde sie schon finden«, sagte er. Dann bemerkte er, daß Willa keinen Mantel anhatte, und fuhr fort: »In Ihrer Ziege! Da kann ich sie auf eine Meile ausmachen.«

Sie war auf dem Weg ins Haus, um Geld für das Taxi zu holen, aber er bestand darauf, ihr das Fahrgeld zu schenken, und bezahlte den Fahrer, der natürlich glaubte, sie seien beide verrückt.

Am Nachmittag ließ Willa das Schloß auswechseln.

Abends wartete sie im Wohnzimmer. Der kleine neunjährige Junge saß ihr gegenüber. Sie hatte daran gedacht, andere Leute einzuladen, aber dann lud sie zu guter Letzt den kleinen neunjährigen Jungen ein, weil sie dann nicht so viel Erklärungen abzugeben brauchte. Das Zimmer hatte sich bereits verändert. Gläser standen herum, volle Aschenbecher, auf dem Fußboden lagen Flaschenkapseln – von ihrem Tonic Water und seinem Coca-Cola –, wo sie beim Öffnen hingefallen waren, und die noch unberührte Sonntagszeitung. Sie spielten Monopoly. Die Standuhr tickte gewissenhaft jede Sekunde.

»Sag doch was, irgend was«, ermunterte sie den kleinen Jungen.

»Wenn ich auf eine Reise gehe, zähle ich immer die Tiere«, sagte er. Er gewann. Die Haustürglocke erschreckte sie, obwohl sie auf das Schellen gewartet hatte.

»Jetzt denke dran«, sagte sie zu dem Jungen. Sie hatte ihm eingeschärft, er solle herumlaufen, eine Tür zuschlagen, viel Krach machen, um den Eindruck zu erwecken, als ob das Haus voller Leute sei.

»Nun?« sagte sie, als sie die Haustür öffnete, das Gesicht bereits zu einer Maske der Unnahbarkeit erstarrt.

»Haben Sie einen Augenblick Zeit?« fragte Tom, verlegen jetzt, daß er zurückgekommen war. Er war schon früher gekommen und hatte es mit seinem Hausschlüssel versucht, dann war er weggegangen und hatte Verstärkung geholt. Sie hatte ihn vom Fenster oben beobachtet. Er begann, seine beiden Freunde vorzustellen, aber sie unterbrach ihn:

»Ich kann Ihnen nicht helfen.«

»Wir wollen nur fragen, wo sie ist«, sagte einer von ihnen.

»Das weiß ich nicht und will es auch nicht wissen«, sagte sie scharf.

»Sie haben ihr dumme Gedanken in den Kopf gesetzt«, sagte Tom. Das war nicht etwas, woran er eben erst gedacht hatte, sondern eine Überlegung, die er schon oft angestellt hatte.

»Vielleicht«, antwortete sie.

»Das ist ernst, und das ist unheilvoll«, sagte er. Keiner von seinen Freunden äußerte sich.

Sie schienen über sie schockiert zu sein. War es ihre Magerkeit? Oder ihr Wildlederkleid in Minirocklänge? Jedenfalls sahen sie harmlos aus.

»Ich habe gerade Besuch«, sagte Willa. Es war ein so fataler Satz, daß Willa sich dafür entschuldigen wollte. Aus dem Inneren des Hauses hörten die Männer Geräusche, Schritte und eine sich schließende Tür. Eine gelungene Tarnung. Dennoch blieben sie stehen. Sie machte ihnen die Tür vor der Nase zu und lauschte von drinnen.

»Allmächtiger Gott, ich habe dieses verdammte Haus wieder aufgebaut, es war am Einstürzen«, sagte Tom. Sie wollte die Tür wieder aufmachen und ihm zustimmen und bestätigen, daß er zu Recht verbittert sei. Aber sie ging zurück ins Wohnzimmer, wo der neunjährige Junge die langen, dünnen Minen aus einem Vierfarbenkugelschreiber herausnahm.

»Warum machst du das?« fragte sie.

»Um etwas zu tun«, antwortete er etwas jämmerlich. Sie hatten einen langen Abend vor sich.

Als Tom wiederkam, war es nach Mitternacht. Er bat, sie möge ihn hereinlassen, für fünf Minuten, um seinen Schlafanzug zu holen.

Sie hätte ein Herz aus Stein haben müssen, um es ihm zu verweigern. Der kleine neunjährige Junge schlief oben. Sie zwang sich, nichts zu sagen. Bei Herodes hatte sie immer als erste gesprochen, sich immer verplappert. Sie setzte sich hin.

»Ich kenne Sie, Willa«, sagte er, »ich kenne Sie.«

Wollte er ihr die Schuld zuschieben? Es könnte ihn erleichtern. Es könnte helfen.

»Wie Sie immer für jeden etwas tun würden. Wie Sie Gepäckträgern Trinkgeld geben, und nicht nur das, sondern sich auch an sie erinnern, an ihren Mund oder irgend etwas, das sie an sich haben, Sie erkennen einen Gepäckträger nicht bloß an Ihrem Koffer wieder, sondern Sie erinnern sich an sein Gesicht.«

Das war kein Sarkasmus. Er meinte es ernst.

»Wollen Sie nicht etwas trinken?« fragte sie. Sie goß ihm einen Kognak ein. Er holte ein Taschentuch heraus und begann zu weinen. Sie saß ganz still da. Um etwas zu tun, rieb sie von Zeit zu Zeit ihre Lider, und nach jedem Reiben lag eine locker gewesene Wimper auf ihren Fingern, und jedesmal starrte sie die Wimper an, als ob sie dadurch zu einer Lösung ihrer mißlichen Lage gelangen könnte. Ein trockener Husten entrang sich ihr, doch fiel ihr nichts ein, was sie hätte sagen können, gar nichts. Nach einiger Zeit hörte er auf zu weinen und steckte das Taschentuch weg. Aber er schnüffelte noch. Er wollte das mit der Erklärung abtun, daß er Ätzkalk in die Augen bekommen habe, als ob sie seine Tränen überhaupt nicht gesehen hätte.

»Arbeit allein kann Abhilfe schaffen«, sagte sie matt. Am nächsten Tag würde sie wieder zu ihrem Glas gehen wie eine Frau, die zu ihren Kindern zurückkehrt, erregt von der Aussicht, sie wiederzusehen, verwundert, daß sie überhaupt so hartherzig gewesen war, sie zu verlassen. Neue Glaslieferungen noch in den Verschlägen mit dem aufgeklebten Etikett oben drauf: »Vorsicht! Zerbrechlich!« Jeden Verschlag würde sie aufmachen, jede Glasplatte liebevoll und ganz vorsichtig herausnehmen.

»Du lieber Gott«, sagte er, »Sie haben keine Ahnung, was ich tue, die körperliche Anstrengung, Schnitte, Blasen, Fleischwunden . . .« Er zeigte seine Hände. »Die Risiken, die ich auf mich genommen habe, Kräne über die Great Northern Road transportiert, mit den Kranbalken dran, Salzwasserkessel ausgebaut, unangenehme Gase, einen Mähdrescher demontiert, das Hackmesser hat mir fast den Finger abgerissen . . .« Ihr schauderte.

»Keine Zeugen«, sagte er.

»Das ist eine gefährliche Arbeit«, meinte sie.

»Ach, ich habe Gefahr gern«, sagte er, stand auf und schob das Kinn vor, um der Gefahr zu begegnen. Sie stand auch auf. Er berührte ihr Hinterteil, wobei er vorgab, er wolle nur feststellen, wie sich ihr Wildlederrock anfühlt.

»Auf den Popo kommt's an«, sagte er.

»Tom«, sagte sie. Er sagte, das Wildleder habe ihn verleitet, sich dämlich aufzuführen. Das Wildleder fühle sich an wie ein kleines Kätzchen. Ein Kätzchen sollten sie sich anschaffen, fand er.

»Entschuldigung, Willa«, sagte er dann rasch.

»Sie wollten mich sprechen«, sagte Willa.

»Ist mir ein Vergnügen«, sagte er und machte einen ungeschickten Versuch, sich zu verbeugen.

»Das ist geschäftlich«, sagte sie.

»Nicht ganz und gar«, meinte er. »Ich verbinde gern das Geschäftliche mit dem Vergnügen.« Sie bot ihm noch einen Drink an, obwohl sie wußte, daß es leichtfertig war. Er setzte sich wieder hin.

»Ich habe immer gewußt, daß wir einmal so einen Abend verbringen würden, nur eben wir beide«, sagte er.

»Seien Sie doch nicht albern«, antwortete sie. »Es ist für uns alle eine schreckliche Zeit.«

»Und keinen Freund«, sagte er, »und keinen Freund.«

Sie sollte ihm Mut zusprechen, sie sollte Herr der Lage sein, aber sie war es nicht. Was hatten sie gemein, und was hatten sie beide verloren? Wie zwei Menschen, die sich an derselben Flamme gewärmt oder den Duft desselben Rosenbuschs eingeatmet hatten. Wo war Patsy in diesem Augenblick? Sicher im Arm ihres Freundes, ein Pelzmantel über ihnen, ein Kind in ihr, die Arme des Mannes, kein morgendliches Erbrechen zumindest bis zum Morgen. Willa dachte an Auro und war überzeugt, daß sie, wenn er in dieser Nacht da wäre, sich ihm hingeben würde, so groß war ihr Bedürfnis, bei einem guten Menschen gut aufgehoben zu sein.

»Wie steht's, Willa«, fragte Tom, »wollen wir ausgehen?«

»Ein andermal«, sagte sie.

»Heute ist die Gelegenheit günstig. Sie kennen doch das Lokal, wo die Leute nach jedem Abstreifen der Zigarette die Aschbecher leeren. Sie erinnern sich doch, daß Sie uns erzählt haben, wie hübsch sie es machen, sie stellen einen über den anderen, wie Untertassen, weiße Untertassen, sie tragen sie zugedeckt weg, als ob sie etwas Ekliges wegtragen, das verborgen werden muß. Asche!« Und er lachte über diesen Witz. Seine Asche schnippte er auf den Fußboden. Ja, sie hatte ihnen zu viel erzählt, sie war zu intim mit ihnen gewesen.

»Sie sagten gegen Ende des Abends, laßt die Aschbecher, laßt sie stehen, bis sie randvoll sind. Ein menschlicher Zug!« sagte er und leckte sich die Lippen. Jeden Augenblick könnte er jetzt sagen: »Was ist Existentialismus?« Er hatte völlig recht. Sie hatte ihnen dumme Gedanken in den Kopf gesetzt.

»Ich möchte ein bißchen Spaß haben«, fuhr er fort.

»Na, ich weiß nicht, wo Sie den finden werden«, sagte sie frostig, aber im stillen fand sie, es sei ihre Pflicht, ihn über seinen Kummer wegzubringen. Ihre Pflicht ihm gegenüber, ihre Pflicht Patsy gegenüber, ein kleines Entgelt dafür, daß die beiden sie mehr als ein Jahr lang beschützt und verwöhnt hatten. Sie saß auf dem Schaukelstuhl, die Füße leicht angehoben, um sich abzustoßen, als sie sah, daß er die Schuhspitze vorschob, um ihren Fuß zu berühren, und da verlor sie den Mut und fiel nach hinten. Das ermöglichte ihm natürlich, aufzustehen und gerade das zu tun, was sie hatte vermeiden wollen – sie zu fassen zu bekommen, um sie angeblich zu retten.

»Ich glaube, ich muß sehr müde sein«, sagte sie. Manchmal beruhigte das Eingeständnis von

Müdigkeit oder Unwohlsein sogar die ganz Verrückten.

»Ich habe letzte Nacht nicht geschlafen«, sagte sie.

»Das kann mir nicht passieren, daß ich nachts nicht schlafe«, erklärte er und ging hinüber zu dem Eckschrank, in dem sie die Zigarren für ihre Abendgesellschaften aufbewahrte.

»Nehmen Sie doch eine Zigarre.«

»Ich nicht.«

»Na los, es ist ein gutes Blatt . . . raucht sich großartig.« Er steckte ihr eine in den Mund, sie fand sich damit ab.

»Wie gefällt Ihnen mein Feuerzeug?« Er zündete es rasch und gekonnt an. Es sah aus, als ob es Silber sei.

»Sehr hübsch.« Morgen würde wohl in der Zeitung von einem Banküberfall berichtet werden.

Sie forderte ihn nicht auf, wieder Platz zu nehmen, aber er setzte sich dennoch, und Rauchwölkchen kreisten über seinem Kopf, als er sich reckte und hinaufschaute und das lässige Aufsteigen des Rauchs bewunderte. Ihre ließ sie ausgehen. »Wir sind gut dran, es ist friedlich ohne sie.« Er fragte, warum sie nicht schon längst gegangen sei, warum sie beide ihr nicht einen Wink gegeben hätten?

Willa saß auf einem unbequemen Stuhl, ängstlich, kleinlaut, und machte in Gedanken dauernd Fehlstarts.

»Sie sollten sofort aufbrechen«, sagte sie plötzlich, als ob sie eine von einem Reisebüro geschickte Dame sei. Ihn hier herauszubekommen, das war wichtig. Und wenn man bedenkt, daß es eine Zeit gegeben hat, wo es sie dringend nach dem Kontakt mit dem Alltagsleben verlangte. Sie würde es nie lernen, niemals. Ihn hier herauszubekommen, das war wichtig.

»Aufbrechen? Warum?«

»So kann es doch nicht weitergehen, Sie hier mit mir.«

»Oh, das weiß ich, dieses Umstands bin ich mir voll bewußt«, aber er traf keine Anstalten zu gehen. Sie tat so, als ob sie einschlief.

Er rauchte seine Zigarre und bat um noch etwas Kognak.

»Wie ist das mit dem Schnuppern?«

Willa hatte ihm den Kognak in einem Weinglas eingeschenkt und gesagt, daran zu schnuppern, sei nicht befriedigend. Wie es denn mit einem Schwenker sei, fragte er. Sie gab ihm einen. Im Kognakglas schwenkte er ihn hin und her und schaukelte selbst hin und her und sagte, wie prächtig das Leben doch sein könne. Sie erwähnte die Arbeit, und das Wort brachte einen Mißklang ins Zimmer.

»Arbeit«, sagte er, »wer will schon arbeiten? Glauben Sie's mir, Willa, es ist ein Affentheater, kein anderer verhält sich ganz korrekt, warum sollten wir es tun? Jeder Nachtklub, in den wir gehen möchten, ich hab den guten Anzug an, da gehen wir hin und können jedem von ihnen das Wasser reichen.«

»Um diese Zeit?«

»Das sagen Sie, aber was denken Sie, Sie denken minderbemittelt, nicht wahr?«

»Es liegt kein Grund vor, beleidigt zu sein«, sagte sie. »Ich dachte, wir waren immer gute Freunde.«

»Das habe ich auch gedacht.« Und er lachte, es war ein hartes, gezwungenes, erschreckendes Lachen. Eine Minute lang glaubte sie, er werde Amok laufen, denn das war nicht das Lachen eines Mannes, der scherzt.

»Halten Sie mich nicht zum Narren, halten Sie mich niemals zum Narren«, sagte er wütend.

»Aber das tue ich doch nicht«, sagte Willa. »Mir tut es nur leid, daß alles so gekommen ist.« Seine ungeahnte und sich steigernde Verzweiflung kam nun zum Ausbruch.

»Das erkenne ich an«, sagte er und hielt ihr sein Glas hin, und sie stand auf und schenkte ihm widerstrebend ein. Weil sie so verlegen war und er so seltsam aussah, goß sie mehr Kognak ein, als sie gewollt hatte. ›Nicht, daß ich auch weiterhin das Opfer sein will‹, dachte sie, ›aber ich weiß einfach nicht, wie ich mit einer anderen Rolle fertigwerden soll.‹

»Sie wissen, wer mir leid tut«, sagte er und hielt inne. Er trank.

»Sie sind es, die mir leid tut, Willa.« Er wiederholte es. Er war jetzt ziemlich betrunken. Seine Reden waren nur noch ein Genuschel.

Sie wurde wütend, aber sie wußte, wie wichtig es war, äußerlich ruhig zu erscheinen.

»Tom«, fragte sie sachlich, »gehen Sie jetzt bald?«

»Ich habe mir überlegt, ob ich wohl für diese Nacht ein Bett haben könnte?« sagte er. »Alle Hotels sind jetzt zu.«

»Vermutlich«, meinte sie. »Aber dann müssen Sie gleich schlafen gehen.«

Sie stellte den Kognak und die Zigarrenkiste in den Schrank und schloß ihn ab. Etwas, was sie bisher nie getan hatte.

»Los, gehen Sie«, sagte sie, und er stand auf und verließ widerspruchslos das Zimmer. Er schwankte ein wenig.

Sie saß da und beobachtete den kleinen Jungen, der friedlich in ihrem Messingbett schlief. Sie versuchte, an seinen Augenlidern festzustellen, ob er träumte oder nicht. Sie hatte einen Artikel über Träume gelesen, in dem es hieß, man könne den Traumzustand eines anderen daran erkennen, wie die Muskeln zuckten, aber sie hatte vergessen, welche Muskeln es waren. Außerdem war es sowieso nur ein Zeitvertreib. Sie dachte an dieses und jenes, hauptsächlich aber daran, wie absurd und mißlich es doch sei, daß sie niemanden außer einem kleinen Kind zu Hilfe rufen könne. Eine mißliche Lage, die sie sich selbst eingebrockt hatte. Sie wies Freundschaft zurück, sie wies Liebe zurück, sie umgab sich mit einer künstlichen Schutzmauer, die genau wie die Deiche, durch die das Meer von Holland ferngehalten wird, bewundernswert wirksam war. Es war spät, als sie Auro das zweideutig abgefaßte Telegramm schickte:

KANNST DU NOCH EINMAL SCHLEUSENTORE IN ERWÄGUNG ZIEHEN?

Die Telephonistin bat sie, Schleuse zu buchstabieren. Sie sagte:

»Sch wie Schule, L wie Liebe, Eu wie Eule, S wie Sünde, E wie Eiszapfen.«

Die Telephonistin meinte, für diese nächtliche Stunde sei sie noch recht munter. Sie sagte, das liege daran, daß sie noch nicht geschlafen habe. Und als sie den Hörer auflegte, lachte sie, denn sie hatte einen Witz gemacht, obschon unbeabsichtigt. Obschon einen faulen Witz.

Wenn Auro käme, würden sie irgendwo hinfahren, wegfahren, während Tom auszieht, und unter dem Einfluß realer und drastischer Geschehnisse ringsum könnten ihre kleinen, eingebildeten Ängste ihren richtigen Stellenwert erhalten, sich zu einem Nichts auflösen und ebenso abgetan werden wie banale Kindheitsvergehen. ›Mitternächtlicher Optimismus‹, dachte sie, als sie wieder in ihr Schlafzimmer ging, um sich dort hinzusetzen.

Willa wagte nicht zu hoffen, daß es Auro wäre. Wahrscheinlich eher eine Gruppe Abbrucharbeiter, mit allen Werkzeugen versehen, unter Führung von Tom. Immerhin ging sie zur Tür, sie mußte ja. Der Mensch, von dem sie geglaubt hatte, sie würde ihn in ihrem ganzen Leben nicht wiedersehen!

»Noch Raum in der Herberge?« fragte Patsy, arg mitgenommen, rot im Gesicht, aber nicht niedergeschlagen. Sie sagte, sie habe ihn nicht finden können, sie sei in seiner Bude gewesen, sie sei in den Docks gewesen und beinahe eingesperrt worden, weil sie den Hafen verlassen hatte, ohne sich abzumelden, und daß sie sechs Stunden im Zug gesessen habe. So, wie sie es sagte, schien die Bahnfahrt die größte Unannehmlichkeit von allem gewesen zu sein, aber das hatte sie absichtlich so dargestellt, denn sie war jetzt entschlossen, alles für sich zu behalten.

»Wir werden ihn schon finden, wir werden ihn schon finden«, sagte Willa tröstend und brachte sie herein.

In der Küche machte Willa Tee. Patsy schaute sich um, entsetzt über die Unordnung.

»Erzählen Sie mir, was geschehen ist«, sagte Willa.

»Da gibt's nichts zu erzählen.« Patsy fand, daß jedesmal, wenn man davon sprach, etwas verlorenging, und sie wollte ihn in strahlender Erinnerung behalten. Das brauchte sie jetzt. Aber der strahlende Glanz war wie Quecksilberkügelchen, die fortrollten und sich nicht packen ließen. Wenn über ihn gesprochen wurde, dann wurde er ein Scheißkerl, und das wollte sie nicht, denn er war kein Scheißkerl. Sie wollte nichts, als ihren Mantel ausziehen und ein Jahr zurückgehen oder weitergehen, und zum Teufel mit all dem Reden, all dem Mitleid, all der Gehässigkeit. In der Kneipe erzählt Tom es den Barmädchen, geht von Gruppe zu Gruppe mit der Neuigkeit wie Johannes der Täufer; und die Barmädchen hetzen ihn auf.

»Ich bin sogar in die Kneipe gegangen . . .«, sagte sie.

»Was glauben Sie, was geschehen ist?« fragte Willa, matt, mutlos.

»Angst, nehme ich an«, erwiderte Patsy mit gleichgültiger Stimme. Keine Emotion, keine Kritik, kein Tadel, kein Jammer, gar nichts. Willa hatte insgeheim das Gefühl, etwas Nützliches gelernt zu haben, und dachte, wie unbillig es sei, daß ihrer aller Leben so gewaltsam verändert werden mußte, nur damit sie etwas lernt. Wieder einmal war Patsys Abenteuer ihr dienlich.

»Es war meine Schuld«, sagte sie.

»Scheißegal, wessen Schuld es war«, sagte Patsy. Was sie fast umbrachte war, daß jeder glaubte, die Sache sei vorbei. War war war. Jetzt würde es nie vorbei sein. Sie hatten flüchtig etwas gehört, ihre Briefe gelesen, in Peckham herumgeschnüffelt, aber letzten Endes hatten sie gar nichts begreifen können und würden nie wissen, wie sehr sie ihn liebte.

»Wie steht's mit Tom?« fragte Willa. Patsy sagte, sie werde nicht zu ihm zurückgehen. Es sei ja nicht wie bei einem Spielautomaten, daß man zum ersten zurückgeht, wenn es mit dem zweiten nicht klappt.

Willa zeigte ihr den Zettel, auf den er geschrieben hatte, daß er am nächsten Tag ausziehen würde. Er steckte unter der Zuckerdose, wo er ihn morgens hingelegt hatte.

Es hieß darin, daß er vielleicht nach Irland, vielleicht in die Neue Welt gehen werde, es hänge alles von seiner seelischen Verfassung ab, aber er nehme an, daß keiner ihn vermissen werde. Patsy las es, äußerte sich aber nicht dazu.

»In dieser Küche stinkt was«, sagte sie schnüffelnd. Willa sagte, das komme von der morgendlichen Übelkeit bei schwangeren Frauen. Eine Leiche sei es, sagte Patsy, hinter der sie her sei, kein unglückliches Kind. Sie fand sie. Die Kartoffel, in die sie vor weniger als einer Woche die Fasanenfeder gesteckt hatte. Sie warf sie weg. Sie sagte, ohne sie werde das Haus völlig verkommen. Das stimme, sagte Willa. Und ohne daß eine von ihnen irgendwelchen Vorbehalt machte, einigten sie sich darauf, daß Patsy zurückkommen solle, sobald Tom weg sei. Willa schlug vor, Patsy solle vorläufig in ein Hotel gehen. Willa kannte ein nettes Hotel auf dem Land, und die Zeit sei schön für einen Aufenthalt dort wegen der Herbstfärbung der Blätter. Sie nahm ein Bündel Banknoten aus ihrer Handtasche und gab sie Patsy so, wie sie waren, noch mit dem Gummiring herum. Patsy sah aus dem Fenster, während sie das Geld nahm. Sie schämte sich. Die Mauer war erst halb fertig. Lächerlich. Alle ihre Hoffnungen hatten damals so weiß geschimmert wie die Farbe, die sie auftrugen. Lächerlich.

»Und wir werden diese Mauer fertigmachen«, sagte sie sachlich.

»Und Sie werden sich in dem Hotel erholen«, sagte Willa. Es würde eine nicht gerade heitere Erholung sein, aber immerhin.

»Wissen Sie«, sagte Patsy, »wenn Sie den Mantel wieder zurücknehmen würden, dann hätte ich kein so schlechtes Gewissen.«

»Sie brauchen doch kein schlechtes Gewissen zu haben«, sagte Willa.

»Mir wäre es lieb, wenn Sie es täten.«

»Wirklich?« In Gedanken hatte Willa ihn schon zurückgenommen. Es war ein schöner Mantel und außerdem Auros einziges Geschenk an sie. Ein Andenken.

»Ich möchte es gern«, sagte Patsy. So, wie die Lage jetzt war, wollte sie eine Weile häßlich und unelegant sein.

»Na gut«, sagte Willa und versuchte, die Befriedigung zu verbergen, die sie empfand.

»Was macht Ihr Freund?« fragte Patsy.

»Nicht da.«

»Sie sollten sich ein bißchen Spaß gönnen, wenn sich die Gelegenheit bietet«, sagte Patsy sanft. Sie wußte Bescheid über Willas Leben, besonders über die Qual, immer allein zu schlafen.

»Wenn sich die Gelegenheit bietet«, sagte Willa, und sie lächelten über ihre mannigfachen Kümmernisse, als sie die Treppe hinaufgingen, um Patsys Sachen einzupacken. Den größten Teil ihrer Habe legten sie in Kartons, die sie unter Patsys Bett versteckten. Wenn Tom nach Hause kam, würde er sehen, daß alle Schubladen leer waren, und Willa würde ihm sagen, Patsy sei gekommen und endgültig ausgezogen.

»Wundervoll«, sagte Patsy, »die Macht der Erfindungsgabe!« und sie versuchte, sich sein Gesicht nicht auszumalen, wenn er hereinkommt und das Zimmer ausgeplündert findet, denn so etwas war immer viel endgültiger als alles andere. Sie nahm nur wenig Sachen mit, denn sie würde nicht viel brauchen. Willa hängte den Pelzmantel in ihren eigenen Schrank, sagte aber, er solle ihnen beiden gehören, und sie würden ihn abwechselnd anziehen.

Zum zweitenmal in zwei Tagen nahmen sie Abschied.

»Machen Sie sich nichts draus«, sagte Patsy, plötzlich ganz munter, »wir werden hier Parties geben, McBooing Booing wird Balladen singen, und alle bekommen Putenbraten . . .«

»Weihnachten . . .«, sagte Willa. Schon lagen junge Puten in den Schaufenstern, aber nicht daran dachte sie, sondern an die Zeit, wenn das Kind geboren wäre, ein Kinderwagen in der Diele stünde, eine Flasche mit Kolikarznei auf dem Fensterbrett in der Küche, und darauf freute sie sich.

Patsy trat von einem Bein aufs andere. Es war Zeit zu gehen. Irgend etwas hielt sie zurück. Schließlich platzte sie damit heraus:

»Sie werden es komisch finden, aber ich möchte das, was gewesen ist, jetzt nicht ungeschehen machen«, sagte sie, und sie umarmten sich zärtlich. Am Tor drehte sich Patsy im Regen noch einmal um, hob die Faust und schüttelte sie mit freundschaftlicher Heftigkeit.

»Erschieße Vater und Mutter und baue Brücken«, sagte sie. Ein Witz über Deutsche aus ihrer gemeinsamen Vergangenheit.

Der Taxifahrer hatte die Tür geöffnet und legte den Koffer neben sie auf den Rücksitz. Er hatte die Schultern hochgezogen, um sich den Regen vom Hals zu halten. Während er wendete, winkten sie einander zu, und Willa winkte noch lange, nachdem der Wagen schon außer Hörweite war. Sie winkte und weinte. Sie weinte, weil das Leben zuweilen so schön sein konnte.

Belästige ich Sie?« fragte Tom. Er saß am Küchentisch und studierte Wohnungsanzeigen. »Ich gehe fort«, sagte sie, »deshalb werde ich Sie nicht mehr sehen.« Ihre Art zu sagen: Es ist Zeit, daß Sie gehen.

»Oh, ich werde weg sein, ich werde weg sein«, sagte er mit entsetzlich kummervoller Stimme. Sie werde ihm seine Post nachschikken, sagte sie, in die Firma. Sie gaben sich kühl die Hand.

»Haben Sie was dagegen, wenn ich Ihr Telephon benutze?«

»Nein«, sagte sie schroff und ging hinaus.

Ihr ging dauernd eine Melodie durch den Kopf, und sie wollte sich die Platte kaufen. Unterwegs traf sie Leute, die sie kannte, sie begrüßte sie und sprach mit ihnen über das Wetter, aber sie hörte nicht, daß sie sie begrüßte und mit ihnen sprach, denn sie war ganz erfüllt von dieser Melodie und besessen von dem Gedanken, Tom loszuwerden.

Allein in der Vorspielkabine fühlte sie sich endlich sicher: weiße Wände, durchbohrt mit kleinen runden Löchern, und ein Hocker zum Sitzen, aber sie blieb stehen. Drei Schlager kamen vor dem, den zu hören sie so erpicht war. Zuerst ein Lied von Tränen, dann von Zoos, dann von Kopfkissen. Die blonde Frau, die das sang, schielte auf einem Auge, wie aus der Photographie auf dem Plattenumschlag ersichtlich. Die Schlager waren kitschig, aber die Frau brachte es fertig, daß sie gut klangen, denn für das, was man bei Zoos und Tränen und Kopfkissen empfindet, fand sie einen ganz neuen Dreh. Willa dachte, vielleicht sei es das Schielen, das die Frau veranlaßte, so zu singen.

»Für jene, die gern Bücher kolorieren,
Was manche Leute tun,
Ist hier ein neues . . .«

Willa brauchte nur die ersten paar Wörter zu hören, und schon wußte sie, daß sie die Platte haben wollte. Ein seltsames verrücktes Glücksgefühl überkam sie, als sie da in der Kabine stand und im Geiste mitsang. Sie wartete nicht, bis das Lied zu Ende war.

»Die will ich haben«, sagte sie, als sie in den Laden hineinstürzte. Und die ganze Zeit, während die Verkäuferin sie vom Plattenspieler nahm, sie in dunkles Glaspapier steckte, dann in die Schutzhülle, die sie zuklebte, das Geld nahm und eine andere Verkäuferin an die Kasse rief, um die Fünfpfundnote in Empfang zu nehmen, war sie glücklich. Sie war glücklich, als sie, die Platte an die Brust gedrückt, die Straße entlangging und daran dachte, daß sie sie abspielen würde, wenn sie nach Hause käme, sie würde den Kessel aufsetzen, Tee kochen und sich mit dem Becher Tee hinsetzen und die Platte immer wieder abspielen.

Tom war noch da. Er schrieb auf einen Notizblock.

»Nun?« fragte Willa.

»Zwecklos«, sagte er.

»Was ist zwecklos?« fragte sie. Wenn sie nur den ganzen Tag in dieser kleinen weißen Kabine geblieben wäre und Platten gespielt hätte, sich hingesetzt hätte, wenn sie wollte, sich Mittagessen auf einem Tablett hätte bringen lassen, die Löcher gezählt hätte, wenn die Lage schlimm geworden wäre, denn Zählen wäre heilsam gewesen, es war stets eine gute Therapie, wenn man nicht einschlafen konnte. Auch gab es dort Botschaften von der Außenwelt – das Wort Pontiac und »Ich war hier Geldeintreiber«, und eine Telephonnummer von Battersea, hinter der »So groß« stand. Sie wäre glücklich gewesen in dieser kleinen Kabine, geschützt vor allem, keine Störung, nichts.

»Alle vermietet«, sagte er.

»Haben Sie angerufen?« fragte sie. Sie hatte Lust, ihn zu schlagen.

»Alle vermietet«, wiederholte er. Er hatte Paris, Patsy, Pudel, Päonie auf den Block geschrieben und auch die Umrisse von Blumen gezeichnet. Wenn sie ein Mann wäre, würde er sie nie so ausnützen.

»Was wollen Sie tun?« fragte sie.

»Das erwäge ich gerade«, sagte er. Er hatte eine Broschüre über Parks und öffentliche Anlagen vor sich und schlug sie auf. Grüne Kleckse, wo die einzelnen Parks lagen. Er sagte, Hampstead Heath sehe am besten aus, weil es der größte sei. Der größte grüne Klecks auf der weißen Karte, auf der die Namen der Bezirke rot eingedruckt waren und die Themse eine schwarze Schlange, die sich zwischen roten Buchstaben und Grün in verschiedenen Formen hindurchwand.

»Das könnte jetzt eins sein«, sagte sie, als das Telephon läutete.

»Ist es nicht«, sagte er und machte keine Anstalten, den Hörer abzunehmen.

»Gehen Sie doch ans Telephon«, sagte sie hysterisch. Das Läuten hörte dann auf, und die Stille ging ihnen ebenso auf die Nerven wie das Läuten Sekunden vorher. Er hatte gerade seine Hand zurückgezogen, als es wieder läutete, und sie fuhr zusammen, denn sie wußte, daß es für sie war.

»Für Sie«, sagte Tom. »Herr Dingsda.«

Sie nahm das Telephon mit in die Diele, und er machte keinen Versuch, ihr zu helfen, die Schnur unter der Tür durchzuführen.

»Bist du es?« fragte sie Auro. Ihr Herz schlug Purzelbäume bei so vielen verschiedenen Geschehnissen.

»Ich wollte dich etwas fragen«, sagte sie.

»Ich wollte dich auch etwas fragen«, sagte er.

»Was?«

»Frag du zuerst.«

»Ich möchte für eine Nacht mit dir wegfahren.«

»Ich möchte mit dir wegfahren.«

Und beide wußten, daß der andere da lächelte. Sie fragte wohin. Er sagte, sie solle es ihm überlassen. Sie würden am nächsten Tag fahren. Er sagte, sie müßten mit dem Zug fahren, weil der Wagen gebraucht werde. Er sagte nicht: ›Beryl braucht ihn‹, aber Willa vermutete es und glaubte, den ersten Mißklang zu hören. Sie verabredeten sich an einem Bahnhof, und er sagte, wenn es der falsche sei, würden sie ein Taxi nehmen und zum richtigen fahren. Es war jetzt alles einfach und schön. Sie war entzückt über die Gelegenheit, die ihr noch eine Chance gab. Sie war erleichtert bei dem Gedanken, ihrem Haus zu entfliehen. Sie sagte, er werde sie schon von weitem sehen wegen des Mantels. Er sagte, er werde sie sowieso sehen, weil er immer in Menschenmengen nach ihr Ausschau halte. Niemals zuvor hatte er etwas so Zärtliches gesagt.

Die Unterhaltung hatte ihren Ärger beschwichtigt. Zu Tom sagte sie: »Ich fahre morgen für einen Tag fort, und ich möchte, daß Sie weg sind, wenn ich zurückkomme.« Aber sie sagte es so, als ob sie um eine Gefälligkeit bitte. Er versprach es ihr. Er zitterte so stark, daß er drei Streichhölzer brauchte, um eine Zigarette anzuzünden.

»Essen Sie doch etwas«, sagte sie.

»Das Angebot kommt mir tatsächlich sehr gelegen, morgen ist erst Zahltag, und das war das Hindernis, sie verlangen immer die Miete im voraus.«

»Warum haben Sie mir das nicht gesagt?« fragte sie.

»Damit konnte ich Ihnen nicht kommen.«

Und voll plötzlicher Angst schaute sie weg.

Aus dem Hotel schrieb Patsy:

»Liebe Willa, in meinem ganzen Leben habe ich es nicht so schick gehabt. Frühstück im Bett, meine Hausschuhe (die Tom mir geschenkt hat!) bereitgestellt, das Leben einer Dame. Ich trage den ganzen Tag meine Ringe. Es ist ein sehr feines Haus, überall Teppichboden, draußen Springbrunnen. Der Garten ist prachtvoll, genau wie Sie es gesagt haben. Natürlich lasse ich mir alles noch mal durch den Kopf gehen. Tom ist am schlechtesten dabei weggekommen. Trotzdem mußte es sein. Ich weiß, daß Sie meine Briefe gelesen haben, die unanständigen, aber ich möchte nicht, daß Sie glauben, ich sei durch und durch unanständig. Manchmal ist Leuten so zumute – den meisten Leuten. Sie sind jetzt meine einzige Hoffnung. Patsy.«

Patsy gab dem Portier eine halbe Krone und diktierte ihm die Adresse. Er hatte eine altmodische Handschrift. Schrieb so, wie alle alten Menschen. Er sagte, der Brief werde mit der Nachmittagspost weggehen. Sie saß in ihrem Zimmer und weinte. Sie konnte schließlich nicht in der Halle weinen. Als es dunkel wurde, ging sie hinten in den Garten und betrachtete den Himmel. Keine Menschenseele war da, die Statuen sahen aus wie Gespenster. »Ron«, sagte sie, mit dem Blick gen Himmel, »siehst du denselben Stern wie ich?«

In der letzten Nacht hatte sie so viel geträumt. Verrückte Träume. Er und Tom hatten beide etwas gegen ihre Frisur.

»Ron«, sagte sie, mit dem Blick gen Himmel, »es wird angenommen, daß die Menschen jede

Nacht eineinviertel Stunden träumen, na, ich habe eineinviertel Stunden von dir geträumt und bin dann aufgewacht, und woran habe ich gedacht? An dich!«

Jemand ließ den Hund hinaus. Der Hund kam daher, schnüffelte, sah, daß sie es war, und trabte wieder zurück. Er war darauf dressiert worden, Einbrecher zu beißen. Es gab solche Hundeschulen. Der Barmann hatte es ihr erzählt. Sie seien verrückt nach Geld. Die Eigentümer. Sogar das Billard und den Radioapparat im Zimmer stellen sie in Rechnung.

»Ron«, sagte sie, mit dem Blick gen Himmel, »du hast mir nicht vertraut. Warum nicht?«

Sie wußte jetzt, warum reiche Frauen oft ihre Ringe ins Meer werfen oder von Kronleuchtern herunterspringen oder den Verstand verlieren, denn jetzt, da sie nichts zu tun hatte, begann sie, sich auch ein bißchen so zu fühlen. Sie konnte nichts genießen, nicht mal das Essen.

Sie ging an den Springbrunnen vorbei und die Stufen hinauf, und der Hund, der darauf dressiert war, Einbrecher zu beißen, schlüpfte mit ihr hinein.

Als Willa und Auro ankamen, fiel ihnen als erstes auf, daß es ein Mißgriff gewesen war. Es war eine ehemalige Abtei mit einem Anbau aus späterer Zeit. Die Gartenanlagen sehr gepflegt. Hohe Bäume hinten, niedrigere und immer niedrigere fielen schräg ab zu einer Gruppe von Sträuchern, die den Rasen umsäumten. Ein vollendetes Gefälle. Die Büsche von feuerroten Beeren leuchtend, die Beeren zu ordinär und zu zahlreich in dieser vornehm gewollten Landschaft. Eine ältere Dame kniete, Unkraut jätend, vor einem Steingarten.

»Keine Szenerie für mich«, sagte Auro, aber sie hatten das Taxi wegfahren lassen.

Auf den Treppenstufen zwei Hälften einer Kokosnuß, an denen eifrig gepickt worden war.

»Wofür ist das?« fragte er.

Willa sagte, das müsse für die Vögel sein.

»Ach, Mann . . .«, sagte er, aber wütend.

Drinnen hatten die Möbel jenen Glanz, den ihnen nur schwere Arbeit verleihen kann. Vor Schreck blieben sie wie angewurzelt auf der Schwelle stehen. Er läutete an der Glocke für Gäste, hoffte aber, daß niemand kommen würde. Willa hoffte es auch. Doch ein junges Mädchen erschien und geleitete sie über teppichbelegte Treppen und dann eine Steintreppe hinauf in ihr Zimmer. Das erste, was Willa bemerkte, war das Himmelbett, dann der Waschtisch und der Eimer für Schmutzwasser. Es war kalt.

»Können Sie uns bitte zwei große Whiskies mit Eis bringen«, sagte Auro.

Das Mädchen sagte, sie hätten keine Ausschankgenehmigung.

›O Gott‹, dachte Willa, ›nüchtern werde ich es nie schaffen.‹ Die Vorhangringe am Himmelbett klapperten teuflisch an den Pfosten.

»Warte nur, bis ich Hagan sehe«, sagte Auro, als das Mädchen hinausgegangen war. Ein Freund von ihm, ein Modephotograph, der das Zimmer für ihn bestellt hatte.

»Macht nichts«, sagte Willa, teilweise aus Verlegenheit. Er setzte sich aufs Bett, um auszuprobieren, ob die Sprungfedern Geräusche von sich gaben. Sie begann auszupacken. Die Schubladen verklemmten sich beim Herausziehen, und sie entschuldigte sich, daß sie es so ruckweise machen mußte. Die Schubladen waren mit Zeitungspapier ausgelegt. Bloß um sich abzulenken, las sie die Überschriften.

»Ach je, das ist ja ein Altersheim«, sagte er. Sie kniete sich hin und schaute aus dem Fenster. Durch den Wald schlenderten verschiedene Pärchen. Die Blätter waren rostbraun, die Pärchen ältlich.

»Ich habe keinen Ring.«

»Du kannst meinen haben«, und er warf ihn ihr hinüber.

Unten machten sie mehrere Türen auf und fanden mehr oder weniger die gleichen Szenen: ein Zimmer mit einer Standuhr, noch mehr dunkle Möbel, Porzellanfiguren, an den Kamin geschobene Sessel, Stiefel, die hinter den Kamingittern trockneten, Leute, die stickten, Leute, die dösten, Frauen in Gruppen, jene Interessengemeinschaften, die sich immer in Nonnenklöstern, Krankenhäusern und Pflegeheimen bilden. Die mit Roßhaar umrandeten Türen öffneten sich geräuschlos, und wenn sie in die einzelnen Räume hineinschauten, war es, als ob seine Schwärze wie ein Speer in die Gruppe der versammelten Frauen hineinfahre. Niemand sagte etwas. Selbst Willa kam es so vor, als sei er um zehn Schattierungen schwärzer.

»Warte nur, bis ich Hagan erwische«, sagte Auro draußen im Wald. Sie hatten sich Regenmäntel angezogen, und eine Dame in der Diele hatte gesagt: »Auf Regenschauer vorbereitet«, so daß die Barriere des Schweigens durchbrochen war.

Es war ein schöner Wald, dicht, dschungelartig, durcheinandergewürfelt, alte Bäume umschlungen, am Leben geblieben; manche krank, mit bleichem, silbrigem Moos bedeckt. Herbstfarben – Braun, Gold und Rosa –, die das Auge zum Verweilen einluden, aber Willa dachte an das Schlafzimmer, das Himmelbett, die rasselnden Ringe.

»Ich wußte gar nicht, daß es so etwas gibt«, sagte er.

»In meiner Kindheit«, sagte sie, »gab es Schmutzwassereimer, und in dem seifigen Wasser schwammen immer aufgeweichte Zigarettenstummel.«

»Jetzt brauchen wir nichts, als daß Hagan eins seiner Telegramme zur telephonischen Durchsage schickt – vom Typ alle-phallischen-Symbole-sind-Pimmel.«

»O Gott«, sagte sie. Es war, als sei sie wieder in der Schule.

Er sagte, die Leute hier seien wahrscheinlich Vegetarier. Wenn man sich vorstellt, sagte er, daß es in ganz England Hotels mit einer Bar, einem Billardraum und saftigen Koteletts gibt. Er sagte noch einmal, er werde Hagan umbringen, aber er war nicht verärgert.

»Der Himmel von diesem Bett sieht aus, als ob er einstürzen würde«, sagte sie.

»Ach Liebste, wir werden auf dem Fußboden schlafen«, und auf dem Grashalm, den er gepflückt hatte, pfiff er, bis er eine kleine Melodie zustande brachte. Er kannte die ganzen neuesten Melodien und rezitierte den Text, nachdem er sie gesungen hatte. Sie erzählte ihm von der Platte, die sie am Vortag morgens gekauft hatte. Er sagte, die stehe schon nicht mehr auf dem Programm.

»Wenn ich dich enttäusche, wirst du doch nicht böse sein?« fragte sie. Ihre größte Angst war jetzt, daß es nachher einsamer sein könnte als vorher. Denn da er wegfuhr, kam es ja nicht in Frage, daß er zu ihr kommen und sie mit Vorwürfen verfolgen würde.

»Es ist doch kein Meisterschaftskampf«, sagte er.

»Immerhin ist es wichtig.«

»Ja, es ist ziemlich wichtig«, sagte er und seufzte. Er schaute sie an.

»Wer war dieser seltsame Heini, von dem du mir nie erzählt hast?«

»Ich werde es dir irgendwann erzählen.«

»Ihr seid in ein Hotel gegangen?«

»Ja, wir waren in einem Hotel.«

»Und was habt ihr gemacht?«

»Wir haben Küchenschaben mit unserem betrunkenen Atem angehaucht, und sie sind aus den Ritzen im Holz herausgekrochen und an den Fenstern entlanggetaumelt.«

»Eine hübsche Beschäftigung ... Was noch?«

»Frag mich das nicht jetzt, nicht jetzt, nicht heute.« Sie gingen eine Weile schweigend weiter.

»Und daheim auf der Ranch«, sagte er,

»sind inzwischen McBooing Booing und der Kerry-Tiger aufeinander gestoßen und in einen erbitterten Zweikampf verstrickt, rittlings auf ihnen Livia Plurabella . . .«

»Ich sollte anrufen«, sagte sie, »um zu sehen, ob er weg ist . . .«

»Das laß lieber bleiben«, sagte er. »Es würde uns nur unsere Nacht verderben.«

Der Tee wurde im Wohnzimmer serviert. Für jeweils vier Gäste bestimmte Tabletts wurden vom Chef und seiner Frau hereingetragen. Sie begrüßten Willa und den Ehemann, verbargen ihre Überraschung schlecht und sagten »Sir« zu Auro. Einige Gäste ließen sich an kleinen Tischen nieder, andere blieben stehen und nahmen, was es eben gab. Auro wurde von der Dame, die Unkraut gejätet hatte, aufgefordert, sich neben sie zu setzen. Willa folgte ihm. Sieben Hörapparate in Sicht. Eine Dame hatte eine Reisedecke umgelegt, so daß die untere Hälfte ihres Körpers verborgen war. Hatte sie Beine? Willa schaute auf das Teetablett – zwei kleine Teekuchen pro Person, ein Korinthenbrötchen mit Zuckerguß, eine halbe Kirsche in der Mitte, verschiedene Marmeladen.

»Ich kann mich des Gedankens nicht erwehren«, sagte die Unkrautjäterin, »daß Sie gerade erst geheiratet haben.«

»Haben wir nicht«, sagte Auro.

»Nicht gerade erst«, fügte Willa rasch hinzu.

»Nicht verheiratet«, sagte die Dame und runzelte die Stirn. Sie nannte ihren Namen. Sie sei Mrs. Ormsby. Sie deutete auf ihren Mann. Ihr Vorname, sagte sie, sei Mary, aber sie werde Mary E genannt seit der Zeit, als sie zu einem Hausball eingeladen war und zwei Marys da waren.

»Guten Tag – Mary E«, sagte Auro, und ihr gefiel das. Sie war geschmeichelt und merkte nicht, daß er ihren Tonfall leicht imitierte. Sie fragte, wie er heiße. Er sagte es ihr. Sie meinte, das sei ein hübscher Name, und sagte ihn ihrem Mann, wobei sie sehr deutlich in den Hörapparat ihres Mannes sprach.

Diejenigen, die keinen Tee wollten, legten die Hand über die Tasse, als das junge Mädchen mit einer ungewöhnlich großen emaillierten Teekanne herumging. Die Frau des Chefs folgte mit Kaffee in einer Thermoskanne. Kein Geplauder, nur das Seufzen des Feuers und sanftes Kauen. Auro war eine Obszönität zwischen ihnen. Zu strahlend, zu jung, zu lebendig, zu raubgierig. Seine Augen könnten jeder von ihnen einen unsittlichen Antrag machen, seine Lippen die Gesichter anfeuchten, auf die Puder aufgetragen, aber nicht abgetupft war, er könnte die alten Körper in Erregung versetzen, die nach Pipi rochen, die nach Puder rochen, die nach Lavendel von den Taschentüchern rochen. Er könnte die Männer verärgern. Willa schaute sich um, um die Abneigung der Männer zu ermessen. Sie lächelte einen an. Durch vom Alter silbern gewordene Kornea gab er ihr das Lächeln zurück.

»Bist du im Durchzug?« fragte ihn seine Frau.

»Hier zieht es«, sagte er.

»Dann setz dich woanders hin«, sagte sie mürrisch.

»Aber ich sitze nicht im Durchzug«, sagte er.

Weit weg im Haus läutete das Telephon.

»Das ist das Telephon«, sagte jemand, und weit weg wurde es dann vermutlich abgenommen, und sie warteten schweigend – Willa voll Angst –, als ob Hiobsbotschaften übermittelt werden würden, und als das nicht der Fall war, kam eine kleine Unterhaltung in Gang.

»Es muß jetzt in Afrika sehr heiß sein«, sagte die in die Decke gehüllte Dame zu Auro. Der ganze Raum schien auf seine Antwort zu warten, um je nachdem ein Urteil über ihn zu sprechen.

»Ich wohne in London«, sagte er lächelnd. »Aber mein Vater war Jamaikaner.«

Jetzt war sie verlegen und sagte mit schriller Stimme zum Raum als Ganzes: »Mir wurde eine Postkarte aus Durban geschickt, die ich nie bekommen habe.«

»Das hätten Sie melden müssen«, sagte jemand anderes, und sie begannen über die Untüchtigkeit all derjenigen zu sprechen, die im öffentlichen Dienst beschäftigt sind. Auro und Willa waren die ersten, die flüchteten.

»Hat dir der Tee geschmeckt?« fragte Willa.

»Ich habe ein Korinthenbrötchen gekostet, es war miserabel.«

»Sie sind in dich verliebt – die Damen.«

»Ah, sie wissen, wo die alte goldene Fleischbrühe ist.«

»Pst . . .«, sagte sie.

Aber sie wußte, nach ein paar Tagen in seiner Gesellschaft würde sie arg verliebt in ihn sein.

Tom setzte sich auf dem Sofa zurück und klatschte. Er klatschte sich selbst Beifall. Die Nadel glitt über die Platte, und er hörte:

»Für jene, die gern Bücher kolorieren,

Was manche Leute tun . . .«

aber er stand auf, um die Platte zu wechseln, denn das war nicht der Schlager, nach dem ihm der Sinn stand.

Erst kam schrilles Gitarrengeklimper, und dann:

»Schließ die Tür, erleuchte das Haus
Heut abend gehen wir nicht aus . . .«

»Genau«, sagte er. Er führte ein Zwiegespräch mit der Platte. Redete davon, daß er sie alle geschlagen habe. Sie mit ihren eigenen Waffen geschlagen habe. Lügen. Listen. Täuschung. Sie hielten ihn für einen Trottel. Willa mit dem Lügenmärchen von Australien und daß Patsy keine Adresse hinterlassen habe. Unangebrachte Hinweise auf das Plakat im Postamt: »Australien bietet Ihren Kindern eine Zukunft.«

»Ich hab nichts gegen Kinder«, sagte er. Willa, die Spinnerin, die ewig vom Schicksal und den geheimen Regungen des Herzens faselt. Zu feinfühlig, um ihm auf Wiedersehen zu sagen. Legte einen Zettel hin: »Wollen Sie bitte den Schlüssel dalassen, für Ihr Abendessen steht eine Büchse Lachs da. Auf Wiedersehen!« Und er brauchte bloß nach oben zu gehen und ein bißchen herumzuwühlen, um den Koffer zu finden, der ihr ganzes Komplott enthüllte – Patsys Kleider, ihr Wecker, das Kaffeegeschirr, das seine Tante ihnen geschenkt hatte. Wie sie ihn reingelegt haben. Dann der Brief. »Tom ist am schlechtesten dabei weggekommen.« Dieser Brief war allerdings sein bester Bundesgenosse. Nachdem er den Koffer gefunden hatte, schreckte er vor nichts mehr zurück. Er durchstöberte alles. Machte alle Briefe auf – Briefe über zu enge Schuhe und die Landwirtschaft in China. »Tom ist am schlechtesten dabei weggekommen!« O nein, Mann, Tom nicht.

»Oh, meine Liebste,
Oh, meine Liebste,
Wie ich um dich weinte,
Schlaflos in einsamen Nächten,
Wenn ich dich zu spüren meinte.«

»Liebste!« sagte er wütend. Er haßte sie jetzt. Hätte sie schon lange hassen sollen, alte, von Auswurf fleckige Lippen, unehrlich, hat ihn in tiefstes Elend gestürzt. Fabelhaft, wie er über die Liebe zu ihr hinweggekommen ist. Ein Wunder. Nicht im geringsten schmerzhaft. Er konnte es kaum erwarten. Er legte ihn sich wie einen Kragen selbst um den Hals und übte vor dem Spiegel. In der Schule hatten sie etwas auswendig lernen müssen:

»Maleachi trug den Kragen aus Gold
Den er dem stolzen Eroberer abgenommen hatte.«

Eine nützliche kleine Waffe, und man brauchte keinen Waffenschein. Natürlich verfügte nicht jeder über die Technik. Fest, fester, am festesten. Viel Erfahrung bei Hühnern gesammelt. War vor langer Zeit das übliche Samstagvormittagprogramm, dann sagte seine Mutter: »Murkse ein Huhn ab, geh zur Beichte.« Seine arme Mutter, sechs hat sie großgezogen, hat sich nie beklagt, und wenn sie einen Sahnebonbon ergatterte, hat sie ihn in sechs Teile geschnitten, heute waren die Frauen nicht mehr so.

Das Telephon läutete, und er steckte den Draht rasch in die Tasche. Er ging in die Küche. Es könnte sie sein oder auch Willa, um zu sehen, ob er abgehauen ist. Er lächelte, als das Läuten aufhörte. Behielt die Hand in der Tasche und empfand einen nervenaufreibenden Kitzel, wenn er ihn spürte. Das Telephon ging ihm auf die Nerven, aber abgesehen davon war er in Ordnung. Er schaute auf seine Hände, sie würden ihn schon heil durchbringen. Kurz und dick, aber brauchbar. Um etwas aufzubrechen, um etwas zusammenzupressen, es gab nichts, was sie ihr nicht antun könnten. Es würde schnell gehen, es würde eine saubere Sache sein. Nicht, daß sie einen leichten Tod verdient hätte, nicht, daß sie einen leichten Tod verdient hätte.

Er rief seinen Freund Counihan an. »Bist du's, Counihan? Hier ist Tom. Oh, großartig, ganz und gar großartig ... Ich habe eine Blonde bei mir. Hör mal, ich komme morgen nicht, sorg dafür, daß alles glatt geht, versuche mich zu decken ... Ja, sie ist im Zimmer. Tschüs.«

Counihan sagte, er wolle ihn decken, und gab ein Schmatzen von sich, als er das von der Blonden hörte, aber er glaubte es nicht. Counihan hatte nur einen Arm und traute keinem. Ein vernünftiger Mann.

Dann gab er das Telegramm auf – er schickte es an Mrs. Tom Wiley, obwohl es ihm gegen den Strich ging, daß sie seinen Namen trug.

KOMM MORGEN NACH HAUSE NICHT VOR SIEBEN ER IST DANN WEG ANRUF UNNÖTIG KEINE GEFAHR GRUSS WILLA

Und dann lachte er über seine List. Es würde dann dunkel sein. Er würde Handschuhe tragen. Diese Hecke war eine armselige Tarnung, aber es würde ja dunkel sein. Sie würde einen Koffer haben und in ihren Bewegungen behindert sein. Er würde um sechs hinausgehen. Es sich bequem machen. Hustenbonbons mitnehmen, falls er ein Kitzeln im Hals hätte. Und ein Halstuch, um es sich übers Gesicht zu ziehen. Dann Irland. Seine Mutter würde zu ihm halten. Dafür war eine Mutter ja da. Ihre ganze Erfindungsgabe, die sie bewiesen hatte, als sie zur Zeit der Black and Tans Kerle versteckte, wird sich als nützlich erweisen. Seine Mutter hatte eine Woche lang einen Mann in einer Kartoffelgrube versteckt. Diese Grube könnte sie wieder ausheben.

Er machte sich Tee und aß dazu Kekse. Kekse waren ein großer Trost. Nur eins war wichtig, nachts gut zu schlafen. Schlaf war unbedingt wichtig, damit die Nerven gut geölt sind. Guter Werbespruch fürs Fernsehen! Jedesmal, wenn er die Hand in die Tasche steckte, empfand er den nervenaufreibenden Kitzel, durch ihn würde sein Schlamassel ein Ende finden, durch ihn würde er sich als der Mann erweisen, für den sie ihn nie gehalten hat.

»Wo bist du, wo bist du?« fragte er. Die Platte war abgelaufen, und den größten Teil hatte er gar nicht gehört, während er das Telegramm aufgab. Er ging ins Wohnzimmer zurück und stellte den Plattenspieler wieder an.

Sie saßen in der Halle neben einer Kollektion sehr dunkler Regenschirme, als Willa plötzlich Appetit auf eine Zigarette hatte. Schnellen Schritts gingen sie über den Rasen, weil sie fürchteten, es könnte ihnen jemand folgen. Der Rasen war naß. Im Küchengarten blieben sie stehen, ziemlich weit weg von den Lichtern des Hauses, und als er das Streichholz anzündete, schaute er sie zuerst an.

»Ich habe nie ein Bild von dir gemacht«, sagte er. »Wie kommt das?«

»Ich muß wohl nicht hübsch sein«, sagte sie.

»Das ist deine Meinung«, sagte er und zündete die Zigarette an.

Erst der Geruch von Schwefel und dann der Duft der Zigarette, als sich der Rauch in der Dunkelheit verteilte, und die Nachtluft frisch und schneidend, und der Geruch von Erde in Verbindung mit dem Geruch der Zigarette, und sie beide in dem geheimsten Augenblick, den sie je erlebt hatten, eines Vergehens schuldig und darauf wartend, daß ein Gong anschlägt.

»Das Abendessen wird großartig sein . . . sie sind keine Vegetarier«, sagte sie.

»Das Abendessen wird miserabel sein«, sagte er und gab Proben der Unterhaltung zum besten, die ihnen vielleicht bevorstand: »Ernestine erwartet im Januar ein Baby . . . essen Sie gern Pudding? . . . militärische Beziehungen . . . schwierig, mit dem Bus nach Hampstead zu kommen . . .«, und dann hielt er inne. »Ach, was macht uns das aus«, sagte er und fuhr ihr mit dem Finger über Hals und Kehle und sagte, das sei wie eine weiße Säule in der Dunkelheit. Sie trug Ohrgehänge und ein schwarzes Seidenkleid mit weiten Georgetteärmeln. Sie sagte, die Halskette, die Ohrringe, an deren dünnen Ketten ovale Steine hingen, und das Kleid mit den feierlichen Ärmeln seien Dinge, die sie angelegt habe, weil sie versuchen wolle, ihrem wahren Ich zu entrinnen und ein neues Ich anzunehmen.

»Du siehst eine andere Person vor dir.«

»Alle und jede Liebe ist entsetzlich«, sagte er, und es klang wonnevoller als tausend Tagträume, und als ob er sie ganz wonnetrunken machen wollte, sagte er dann: »Ich glaube nicht, daß ich hier mit jemand anderem eine Nacht verbringen würde.«

Beim Abendessen wurden ihnen Plätze einander gegenüber angewiesen. Mrs. Ormsby sagte, Ehepaare würden bei Tisch getrennt, weil dann beide Teile etwas haben, worauf sie sich freuen können. Willa saß neben einem Mann, der erzählte, er wohne in Winston Churchills Wahlkreis, aber Winston Churchill sei natürlich tot. Eine Suppenterrine wurde hereingetragen; ihr Dampf, der ihr über die ganze Länge des Tisches vorauseilte, erinnerte Auro an das gemütliche Hotel, in das er Willa hätte bringen sollen. Er wollte alles für sie tun. Sie hatte etwas Liebliches an sich, Porzellan hatte das, Mädchen, die er nicht kannte, einige, die er kannte, etwas Zaghaftes.

Das Mädchen brachte braune Brötchen, die wie kleine Brotlaibe geformt waren.

»Oh, sehr schick«, sagte Miss Craven und nahm eins. »Muß zu Ehren der jungen Leute sein.« Sie saß obenan bei Tisch und bekam von allem als erste. Sie fragte, ob es zum Essen Kürbis gebe, und als das Mädchen es bejahte, stieg ein kleiner Schrei der Befriedigung auf, als ob Kürbis eine Art Sieg bedeute.

»Allerdings können wir Ihnen diese Kartoffeln, die Sie uns zum Lunch gaben, nicht verzeihen«, sagte eine Frau weiter unten.

Sie sprachen leise. Jeder Satz stand für sich, unumstößlich, an den Raum als Ganzes gerichtet. Sie aßen, sie sprachen, sie aßen, Löffel fielen auf den Rand der Suppenteller, dann gab es eine Pause. Hände lagen auf dem Tisch, halb gekrümmt, bereit, sich zur Faust zu ballen, Hände wurden zu Mündern erhoben, um einen Rülpser zu verbergen, Hände spielten nervös mit Essig- und Ölfläschchen, und das scheue Geschöpf links von Willa war in Träume versunken, die sie veranlaßten, einem imaginären Tier unter dem Tisch Brotrinden anzubieten. Die Gemüseschüsseln wurden auf einer Seite des Tisches entlanggereicht, die Platten mit dem vorgeschnittenen Fleisch auf der anderen. Der Mann neben Willa spießte auf einmal drei Scheiben auf seine Gabel.

»Was wird behauptet – daß man von Salz Kopfgrippe bekommt«, sagte er zu Willa ohne aufzuschauen, um die ihm bestimmte Mißbilligung nicht zu sehen. Sauce nahm er sehr sparsam.

»Das habe ich noch nicht gehört«, sagte sie. Sie war überzeugt, daß ihre Menstruation begonnen hatte.

»Ich sah Sie unten bei den Tauben«, sagte das scheue Geschöpf und beugte sich vor, um Auros Aufmerksamkeit auf sich zu lenken. Mrs. Ormsby hatte ihn völlig in Beschlag genommen, und unter den Frauen herrschte Verärgerung.

»O je«, sagte Auro. Willa glaubte, er würde lachen.

»Sie haben die Zigarette sicher sehr genossen . . .« Also doch nicht so geistesabwesend. Dann wandte sie sich um, falls Willa verletzt sein könnte, und sagte: »Ich wünschte, ich hätte Ihre Haut.«

»Sie haben doch eine sehr hübsche Haut«, sagte Willa.

»Hatte ich . . .«, sagte sie. Sie wußten nicht, was es hieß, schön gewesen zu sein, Winterurlaub in sonnigen Gegenden verbracht zu haben, Muscheln an Stränden gesammelt und sich in den ersten Ausländer verliebt zu haben, den man traf. Ihre Augen umflorten sich, denn ihre Gedanken waren plötzlich zu schmerzlich, und sie stand auf und eilte hinaus, und ihr kleiner Pompadour tanzte auf den Blumen ihres langen Kleides auf und ab.

»Arme Betty«, sagte einer der Männer.

Willa wünschte, sie könnte es ihr gleichtun. Sie wollte es genau wissen. In einer Beziehung könnte es die Lösung für alles sein. Nach dem Essen wollte sie gleich nachschauen.

»Ich glaube, Sie sind ein Bohemien«, sagte Mrs. Ormsby zu Auro, das Gesicht zu ihm emporgehoben, die Nase dick mit Puder bestreut, der Puder nicht eingerieben. Ihr Mann, ein Stückchen weiter unten, sah verzückt, bewundernd aus und sagte zu Willa: »Wenn Sie einen Kanarienvogel kaufen, müssen Sie ihn singen lassen.«

Aber Willa dachte an ihr Haus, verlassen, wartend, dunkel, auf jemanden wartend, der nach Hause kommt, nichts außer den beiden blauen Sparflammen am Gasherd gab irgendwelche Lebenszeichen von sich. Tom war fort. Sie hatte angerufen, und es hatte sich niemand gemeldet. Zurückgeblieben waren die Bierfässer, die er angestrichen und mit Blumen gefüllt hatte, die geschnittene Hecke, die in hellen Tönen gestrichenen Zimmer, die Decken blau. Seine Arbeiten überdauerten sein Leben in diesem Haus. Armer Tom.

»Es gibt eine Möglichkeit, mit Schluckauf fertig zu werden«, sagte der Mann neben ihr und veranschaulichte es mit einem Wasserglas. Der Trick bestand darin, zu trinken, aber beim Trinken die Oberlippe zu strecken, daß sie den

Glasrand berührte. Aber während er das vormachte, bekam er erst richtig Schluckauf, und das löste eine Woge von Gelächter am Tisch aus. Diejenigen, die still gewesen waren oder gierig gegessen hatten, schauten von ihren Tellern auf und begannen zu lachen, obwohl sie nicht wußten, warum, und nachdem sie einmal angefangen hatten, vergaßen sie, wieder aufzuhören. Der Mann versuchte den Atem anzuhalten, aber jedesmal kam ein Schluckauf, und jedesmal wurde das Gelächter lauter. Das Mädchen, das mit dem Pudding hereinkam, war verwundert über diese Fröhlichkeit und sagte laut, sie habe die Vanillensauce vergessen, und wie ein meteorhafter Witz durchdrang das die Familienatmosphäre, und die Männer sagten zueinander: »Sie hat die Vanillensauce vergessen.« Die kleinste Ungereimtheit schien eine weitere Lachsalve auszulösen. Die Leute redeten, ohne sich die Mühe zu machen, ihre Sätze zu beenden. Sie entsannen sich anderer komischer Dinge, die an diesem Tisch passiert waren, denn obwohl einige von ihnen nur auf Besuch waren, hatten andere, zum Beispiel Miss Craven, schon Jahre hier verbracht. Ihre Gedanken sprudelten plötzlich, und sie erinnerten sich an banale Vorfälle der Vergangenheit, etwa daß ein Frosch aus dem Kamin gekommen war, daß einmal in den Kaffeekannen nur heißes Wasser gewesen war oder in der Linsensuppe ein Kieselstein gefunden wurde. Und all das erzählten sie Auro. Mrs. Ormsby fragte ihn, was er in seiner Freizeit treibe. Sie fragte ihn, ob er nach dem Essen ein Spielchen mit ihr spielen wolle. Er schaute Willa an. »Backgammon«, sagte Mrs. Ormsby.

»Nein, Whist . . .«

»Nein, Zauberkunststücke . . .«

»Ja, Zauberkunststücke . . .«, sagten zwei oder drei Frauen und klatschten in die Hände, aber der Mann mit dem Schluckauf sagte, Blindekuh wäre besser, dann sei keiner ausgeschlossen. Sie rannten aus dem Speisezimmer, und selbst diejenigen, die normalerweise dablieben, um das Geschirr zusammenzustellen, rannten auch weg, denn sie wollten nicht, daß ihnen etwas von dem Spaß entgehe.

Willa ergriff die Gelegenheit, nach oben zu gehen und nachzuschauen. Sie schloß die Tür ab, knipste das Licht an und war schmerzlich enttäuscht, daß ihre Ängste unbegründet gewesen waren. Aus ihrem Kulturbeutel nahm sie den Vergrößerungsspiegel zu einer Selbstprüfung. Sie studierte ihr Gesicht, ihr Gesicht war keine Überraschung für sie, dick und aufgeschwemmt in diesem Spiegel, ihre Brüste riesig, so daß sie sie mit nacktem Auge anschauen mußte, um sich zu überzeugen, daß sie nicht angeschwollen waren, ihr Bauch weiß, eine weiße Düne, über die weder Liebe noch Sonne je wanderten, und dann hinunter, hinunter zum Sitz ihrer Furcht – sie spreizte die Beine, ihr Leib kam ihr hohl vor, es war, als ob er aus ihr herausgeschnitten oder herausgerissen werde – ihr ganzes Ich wurde auseinandergesprengt. Sie konnte nicht mehr. Sie legte den Spiegel weg und setzte sich aufs Bett, zusammengekrümmt, den Körper in den Armen gebettet. ›Einen Sarg brauche ich‹, dachte sie, und sie trug etwas Parfum auf und tauchte ihre Finger in den Wasserkrug, ehe sie hinunterging.

Unten war das Spiel in vollem Gange. Auros getüpfeltes Taschentuch war einer Dame um die Augen geschlungen. Er hatte das Jackett ausgezogen und winkte Willa zu, als sie hereinkam. Die Dame stolperte im Kreis herum und sagte: »Wie viele ihr seid«, und Auro blieb stehen, damit sie ihn fangen konnte. Als ihm die Augen verbunden waren, ging er rasch hin und her und bedrohte sie mit kindischem Gequieke, und sie rannten und versteckten sich und kreischten vor Lachen. Hauptsächlich kreischten die Frauen, aber den Männern gefiel es auch. Beim Gehen machte er mit den Armen Schwimmbewegungen und verfehlte die Leute nur um ein weniges. Er machte es spannend für sie. Manchmal blieb er stehen und schnippte mit den Fingern, als ob er sich eine neue Methode ausdenke, und das Gekreische ging wieder los. Er rollte sich die Ärmel auf. Seine Haut glänzte wie die Möbel. Willa verschwand hinter einem Vorhang, denn sie wollte nicht, daß sie es sei, aber tatsächlich war sie es. Er ließ sie sofort los. »Du nicht«, sagte er und ging in eine andere Richtung. Auf der anderen Seite war Betty. Er packte sie an der Kette ihres Pompadours, und sie glitt näher an ihn heran, wie eine Frau in einen Walzertakt hineingleitet und schon von der Melodie gefangen ist. Er berührte ihre lange Nase, ihre hohe Stirn, ihre zuckenden Wangen, auf die sie nach dem Essen noch etwas Rouge aufgetragen hatte. Sie lächelte verwirrt.

»Das wird wohl Betty sein«, sagte eine Frauenstimme vom anderen Ende des Raums.

»Betty«, sagte Auro. Einige klatschten. Er zog sich das Tuch bis zum Hals herunter, und sie blieb in seinen Armen.

»Würden Sie gern meine Schätze sehen?« Sie öffnete ihren Pompadour und nahm einige ihrer Besitztümer heraus – eine kleine rote Brieftasche aus Leder, das so rissig geworden war, daß die Risse wie ein Muster aussahen, eine silberne Pillendose, zwei Stück Zucker, falls sie einmal ein Pferd treffen würde, und ein Ende Schnur. Nachdem sie das gezeigt hatte, schien es ihr ein wenig leid zu tun, wie es ganz einsamen Menschen in dem Augenblick geht, wenn sie sich offenbart haben, und sie entfernte sich nachdenklich. Willa beobachtete es. ›Alle weinen sie allein‹, dachte sie. Diese Frauen, die nach Pipi rochen, die nach Puder rochen, die nach Lavendel von den Taschentüchern rochen, die Schablonen für ihr zukünftiges Ich? ›Ich darf meine Tage nicht so beschließen‹, dachte sie und achtete nicht auf das Spiel.

Einigen ging der Atem aus, einige lauschten, als die Uhr schlug, verglichen es mit ihren Armbanduhren und sagten: »Viertel nach.« Ehemänner warnten ihre Frauen: »Du darfst es nicht übertreiben«, und Frauen sagten bissig: »Ich weiß schon allein, was ich zu tun habe, danke«, es gab vorübergehende Verstimmungen und einige Entsetzensschreie, als der Servierwagen mit Wärmflaschen, jede mit Namensschild versehen, hereingerollt wurde. Manche nahmen eine, manche nahmen mehr als eine. Auro und Willa waren die letzten, die gingen. Sie hatten mit dem Rücken zum Kamin gestanden, sich gewärmt und über die verschiedenen Leute gesprochen. Er hatte erkannt, welche von ihnen das Leben neu beginnen wollten, denn sie waren am eifrigsten am Spiel beteiligt gewesen. Und Willa sagte, sie habe nie Kartenspielen gelernt, aber sie müsse damit anfangen. In ihrem Zimmer roch es übermäßig nach Parfum. Sie hatte vergessen, den Glasstöpsel wieder auf die Flasche zu tun.

»Hör dir das an«, sagte er, »und das.« Der Wind, die Vorhangringe, eine Eule, keines der Geräusche erschreckten sie. Auch nicht die Schatten, die über den Fußboden wanderten. Daß sie nur ein Bett hatten, vereinfachte ihre Entscheidung. Es gab keine Diskussionen, denn in dieser Nacht hatte sie keine andere Wahl, und sie konnte ihn nicht wegschicken.

»Das erstemal ist niemals das beste«, sagte er, ohne zu prahlen.

Er redete, durchforschte sie, alle Winkel und Ecken von ihr, unwandelbar kummervolle, freudvolle, herrliche Geheimnisse, und sie ließ es zu und war einverstanden und spannte sich und schrie, und ihr Widerstand war ebenso heftig wie ihr Verlangen, und er sagte E für Erbarmen und F für feucht und L für Liebe und V für Vögeln und E für Erbarmen, während sie mit einer unglaublich verwirrten Stimme ja und nein bettelte.

»Nein, nein, nein«, sagte sie und verschloß

sich, aber zu spät, sie schloß ihn ein und sicherte das, wovon ihre Stimme sagte, sie wolle es fernhalten, und seine Zähne bissen in das Haar auf ihrem Unterarm, während sein Daumen ihr Haar unten teilte und seine Hände herumfingerten und köstlich waren und weh taten und der Daumen den Eingang offenhielt und seine Stimme leise sagte: »Erbarmen, Erbarmen, Erbarmen«, und seine Finger immer schneller und schneller wurden und ihr Kopf, ihr Hals und ihre Arme mit animalischer Kraft hin- und herschlugen, und bei alledem lächelte er, nicht, weil er es so fachmännisch betrieb, sondern weil sie sich so gründlich täuschte über den Widerstand von Kopf, Hals und Stimme, die sich alle dem Neinsagen verschrieben hatten, und ihre Glieder bettelten Nein, und ihr ganzes Ich sagte Nein, abgesehen von einem leisen zentralen Aufschrei der Haut, und dessen Ja war lauter und stärker und ungestümer als das ganze übrige Orchester des Nein, und seine Finger gaben dieser höchst geheimen und zentralen Sache in ihr ihre gesamte Liebe, ihre Bemühung, ihre Stärke, ihre Leidenschaft, ihre Feindseligkeit, ihre Anspannung, ihre Wut, ihre Geduld, ihre Grausamkeit, ihre Weichheit, ihre Behendigkeit, ihr Kneten und ihre Liebe. Und ihre Stimme setzte immer wieder aus, als ihr Keuchen stärker wurde, und als sein Körper schließlich den ihren bedeckte, trat das Keuchen an die Stelle der Wörter, die sie vielleicht gesagt hätten.

Sie blieben umschlungen liegen, bis das letzte Erschauern in ihnen vergangen und die Geräusche der Außenwelt – der Wind, die Eule, die Vorhangringe – wieder zu hören waren.

»Mir wurden einmal bei einer Flugreise hundertfünfzig Dollar zuwenig berechnet«, sagte er.

Sie war im Begriff einzuschlafen, als sie ihn das sagen hörte, und versprach, bald wieder aufzuwachen und ihn dann so zu lieben, wie er sie geliebt hatte. Und sie tat es.

Am Morgen bewegte er sich sehr behutsam, als ob er keine Kraft habe. Sie öffnete die Augen und schirmte sie gegen das Licht ab. Sie lächelte ihn an.

»Ich würde gern weiterschlafen«, sagte sie und vollendete in Gedanken den Satz: ›Ehe ich wieder feststelle, daß ich allein bin.‹

»Du hast den Mund zu, wenn du schläfst«, sagte er.

»Ist das verkehrt?«

»Du solltest ihn aufmachen, um das Gift herauszulassen.«

»Ich werde daran denken«, sagte sie, ihre Hände in seinem wolligen Haar.

»Im Schnee . . .«, sagte sie verträumt.

»Im Schnee . . .?« fragte er verträumt.

». . . würden deine Wimpern weiß werden . . .« Seine Wimpern waren von anderer Beschaffenheit als sein wolliges Haar. Sie waren besonders lang und standen schön für sich, als ob sie sorgfältig geölt und dann peinlich genau gekämmt worden seien.

»Soldatenfrau«, sagte er. »Weihnachten bin ich wieder zu Haus.«

»Siehst du besser oder schlechter aus, wenn du nicht schläfst?«

»Waldbrände werden gelöscht, indem ein Vakuum geschaffen wird.«

»Was bedeutet das?«

»Abstinenz . . .«, sagte er. Ihr war das gleichgültig. Sie fühlte sich geborgen, friedlich, seltsam weise. Er konnte wegfahren. Sie würde von ihrem dehnbaren Traum leben, sie hatte schon von weniger gelebt. Sie würde ihn Stunde um Stunde, Tag um Tag gegen Herodes abwägen. Im Geist sah sie eine winzige Briefwaage mit Messingschalen und zierlichen kleinen Messinggewichten, die mit der Pinzette angefaßt werden mußten, und in ihrem Geist neigte sich eine der Schalen stark, als ob gar nicht von Dingen die Rede sei, die im Gleichgewicht sind. Dem Herodes-Weg brauchte sie nicht zu folgen. Sie lag mit unbedeckten Fußsohlen da und fürchtete nicht, sie könnten berührt werden, denn das waren sie natürlich schon.

In dem langen, kahlen Speisezimmer waren die Menschen wieder die Fremden, die sie zu Anfang gewesen waren. Die Episode des Vorabends hatte kaum Spuren hinterlassen. Sehr wenige schienen sich daran zu erinnern. Willa war es gleichgültig. Sie saß am Tisch und trank Tee, es war Erntezeit, das gekochte Ei von irgend jemandem blieb unaufgeschlagen, und ein ganzer Schauer von Haarnadeln ging auf einen weißen Brotteller nieder. Oder es war nur eine Haarnadel, die ihre Phantasie zu einem Schauer ausgeschmückt hatte. Sie dachte an Auro. Er saß ihr gegenüber. An ihn zu denken, während er ihr gegenübersaß, war ein nicht zu überbietendes Vergnügen. Sie verlagerte ihr Gewicht von einer Hinterbacke auf die andere. Ein Schmerz durchfuhr sie und ein Nachgeschmack der Lust in den Spalten, in denen er gewesen war, und in ihren Höhen und Tiefen verspürte sie ein wohliges Unbehagen und das wunderbare Vermächtnis – »Kilroy war hier«. Sie lachte, und er merkte es, daß sie lachte, und schüttelte den Kopf über solche Frivolität.

Draußen im Wald nahm er sie in die Arme, als ob sie eine Garbe sei. Die Garbe dieser Ernte. Das rostrote Laub der Bäume wie Wein, der zu gären beginnt. Auch das Laub ihrer Liebe war so. Nicht im mindesten eine bittere Liebe, kein melancholischer Spaziergang.

»In einer Beziehung bin ich froh, daß du wegfährst«, sagte sie. Er verstand, was sie meinte.

»Das wird es ausdehnen«, sagte sie.

»Es ausdehnen . . .«, sagte er, und sie stellten sich ein Stückchen auseinander und reckten sich wie Kinder, bis sich ihre Fingerspitzen trafen. Er machte noch andere kindische Dinge – er kletterte auf einen Baum, er zertrat Knallbeeren, er schattenboxte mit einer Regenpfütze.

Im Zug unterhielten sie sich kaum. Ihr Körper mit den Spuren seiner Zähne war unter diesem luxuriösen Mantel verborgen. Vor einem Jahr liebte er Beryl, glaubte, am Ende seiner Wanderungen angekommen zu sein, aber dem war nicht so. Wiederum war er an einer Felswand. Froh darüber, traurig darüber. Traurig für Beryl. Sie würden nach Kanada gehen, sie würden eine Weile zusammensein, aber es ging zu Ende. Keiner hatte Schuld. Ein Mann ging von einer zur anderen, Strandgut des Lebens, die Summe der Mädchen ergab dann die endgültige Eine. Frauen waren anders: Frauen waren wie Misteln, sie zehrten von der Kraft eines Mannes.

»Ich möchte dich mitnehmen«, sagte er.

»Das geht doch nicht.«

»Aber ich möchte es trotzdem.« Und sie schüttelte den Kopf und preßte ihn dann nach hinten gegen den Leinenschutz der Kopfstütze.

»Wie alt bist du?« Sie mußte etwas Sachliches von ihm wissen, irgendeine Tatsache, die sie dem Traum und der Spekulation an die Seite stellen konnte.

»In der Schule«, sagte er, »wurden uns die Exporte von Ländern an Hand von Schaubildern beigebracht, 80 Prozent Kakao, 75 Prozent Teeröl, 50 Prozent Leder, 2$\frac{1}{2}$ Prozent Eisen ... das Schaubild war wie ein New Yorker Wolkenkratzer, verschiedene Spitzen, unterschiedliches Alter.«

»Worin bist du am unerfahrensten?«

»Lieben ...«

»Und am erfahrensten?«

»Vögeln, vermutlich ...«

Sie nahm seine beiden Hände, hielt sie fest und küßte sie dann. Nie würde sie ihm mißtrauen können, niemals würde sie Christus ähnliche Maßstäbe an ihn anlegen können, deretwegen sie ihm Vorwürfe machen könnte, wenn er ihnen nicht entspräche.

»Tu, was du nicht lassen kannst«, sagte sie.

Zumindest in diesem Augenblick war es ihr Ernst damit. Und ein Augenblick war immerhin etwas. Natürlich würde sie wiederkommen, diese andere Sache, die gemeine, unschöne Abhängigkeit, die Öde, die Einsamkeit, das sinnlose Fegefeuer, woran sie gewohnt war, aber im Augenblick war sie, wie er gesagt hatte, glücklich und befriedigt, und nichts verdroß sie.

»Deine Erklärungen sind wahre Komposita«, sagte sie und wiederholte es für ihn.

»Da werde ich drauf achten müssen«, antwortete er. »Ich mißtraue allen Pauschalurteilen.«

»Ich auch«, sagte sie. Sie zog den Ring ab, den er ihr geliehen hatte.

Sie würden sich jetzt auf Wiedersehen sagen, sie würden keine Abmachungen treffen, sie würden es der Zeit und den sich bietenden Gelegenheiten und ihrer beider Charakter überlassen, die Zukunft zu bestimmen. Sie waren beide beim Abschied nicht einmal traurig.

Im Bahnhof sah er sie die Rolltreppe hinunterfahren – nicht ein einziges Taxi –, und er schaute ihr nach, bis sie im U-Bahnschacht verschwunden war, dann ging er ganz automatisch zu einer Telephonzelle, um Beryl zu sagen, daß er wieder da sei.

Willa ging von der U-Bahnstation aus zu Fuß. Es nieselte etwas, und das war zugleich beruhigend und erfrischend. Sie ließ sich das Gesicht und die Augen besprühen, die Augen, die von unterbrochenem Schlaf müde waren. Er fuhr weg, und das war schade, aber vielleicht war es auch ganz gut. Es konnte sowieso nichts für die Dauer sein – welcher Mann liebt eine gepeinigte Frau lange, welcher Mann ist so töricht? Sie ging rasch, als ob sie erwarte, ihn schon vor ihr zu Hause zu finden, sie hoffte es halb, wußte aber, daß das eine begehrliche Hoffnung war, und ging dennoch rasch. Ab und zu hängte sie sich die Reisetasche über die Schulter, und durch den Stoff bohrte sich ihr etwas Hartes (die Kante eines Buches) in den Rücken, aber das Unbehagen hatte nichts zu sagen. Sie tröstete sich mit dem Gedanken an Zimmer, die durch das bloße Drehen eines Knopfes warm und durch das Drehen eines weiteren Knopfes von Geräuschen erfüllt wurden, wie beglückt sie sein werde, sobald sie mit Kochen anfängt: sie würde Toast machen und wieder ein betriebsames Leben beginnen, die Verschläge mit Glas auspacken und den Tribut an ihn und das Leben aus diesem zerbrechlichen Material facettieren. Sein Verschwinden würde erst nach Tagen spürbar werden, und selbst dann wäre sein Verlust nicht so schlimm, denn es bliebe ein köstlicher Nachhall zurück. Sie ging ohne jede Nervosität. In dunklen Nächten wurden in der Innenstadt von London Frauen vergewaltigt, aber daran wollte sie nicht denken. Sie schaute zum Himmel hinauf, ein Sternenmeer. Sie schaute wieder hinunter auf die Straße – die Straßenbeleuchtung war repariert worden –, in regelmäßigen Abständen saugten natriumblaue Lampen erbarmungslos das Leben aus der schimmernden Oberfläche der Straße. Irgendwo auf der anderen Seite des Äquators eine Wiese voller Gänseblümchen. Vor allem hatte sie keine Angst vor ihm. Etwas war erreicht worden. Sie hatte das Gefühl, daß sie sogar Herodes gegenübertreten und darauf hinweisen könnte, daß er im Grunde, ebenso wie sie, voller Furcht war; und diejenigen, die sie mochte, mochte sie mit etwas mehr Geduld, etwas mehr Liebe, sie würde die Freunde anrufen, die sie wegen der Arbeit und der Aufregungen der Woche vernachlässigt hatte, nein, sie würde schreiben, Briefe waren weniger verpflichtend, und sie würde ihnen einige der netteren Freundschaftsbeweise anbieten – einen Drink, etwas zu Essen, Blumen, einen Witz. Es erwies sich als unmöglich, denn Tom, der seit sechs Uhr auf das Auftauchen des Mantels gewartet hatte, stand auf, als sie durchs Tor ging, und handelte so rasch und geschickt, daß ihr der Schrei, den sie ausstieß, als ein Wimmern in der Kehle steckenblieb. Sie starb mit dem Rücken zu ihm, und als sie fiel, half er ihr hinunter.

Es war Toms anhaltendes Geheul, das den Alarm auslöste. »Da will ich doch gleich tot umfallen«, sagte er, als er seinen Irrtum erkannte, und er sagte es immer wieder. Ein Junge, der gerade Radfahren lernte, rief seine Mutter, und einer nach dem anderen kamen die Nachbarn aus ihren Häusern und standen herum, diejenigen, die sich seit Jahren immer nur um ihre eigenen Angelegenheiten gekümmert hatten, diejenigen, die ihr gegenüber ebenso gefühllose Fremde gewesen waren, wie sie für die anderen eine gefühllose Fremde gewesen war.

Es gab einen kleinen Nachruf auf sie, in dem hieß es, der Verlust für eine im Niedergang begriffene Kunst sei beträchtlich. Auro verschob seinen Flug, um an der Beerdigung teilzunehmen, und nachher gab Patsy ihm das Bündel Briefe, die an ihn geschrieben worden waren. Er wünschte, sie hätte es nicht getan, nicht nur, weil sie eine neue Belastung darstellten, sondern weil sie eine neue Willa aufzeigten, und er war so untröstlich über den Verlust der alten, daß er das Schlimmste nicht wissen wollte. Aber er las:

Lieber Auro,
Herodes sagte, er glaube, daß er vom Schicksal dazu ausersehen war, mich davor zu bewahren, über eine Felswand zu stürzen. Er sagte auch, Honig mache den Atem lieblich. Einem solchen Mann ist man zugetan.

Lieber Auro,
Herodes lieferte die Felswand. Es gab Spaziergänge zum Vergnügen und Verdauungsspaziergänge und Felsenspaziergänge am Sonntag.

Die hohe Felswand hinter seinem Haus. (Im Lauf der Zeit überblendete sich sein Haus tatsächlich ein bißchen weiter hinten mit der Felswand.) Man streckte dann wohl die Hand aus, um sich im Gleichgewicht zu halten, und wurde nicht von Dornen zerkratzt, sondern von Dornbüschen, von Moos, von Sträuchern. Er legte jedesmal ein Ziel fest, einen Punkt, bis zu dem ich klettern mußte. Ich sagte, ich würde alles andere tun, das Klavier abstauben, Brot backen, Holz sägen, aber er sagte: »Du machst das.« Manchmal war es mir gleichgültig. Ich stellte meinen Fuß dann in irgendeine kleine Spalte im Fels – die durch rieselndes Wasser entstanden war – und glaubte, der Fels oben würde Erbarmen mit mir haben und mich unter sich begraben, aber er tat es nicht. Einmal verließ ich mich darauf, daß ein bißchen Gras mich retten würde, aber das war zu viel verlangt von einem Grashalm. Doch er fing mich auf. Er fing mich so geschickt auf, als seien wir auf der Bühne und es sei ein Sturz, den wir immer wieder geprobt hatten. »Du siehst, daß du mich brauchst, damit ich dich rette ...« – und wie er das sagte!

Lieber Auro,

Es war in einem abgelegenen Teil der Schweiz, nicht weit von der deutschen Grenze.

Ein ehemaliges Sanatorium, verwahrloste Blumenbeete, durch Krankheit gelb gewordene Rebenblätter, und das war kein Wunder, denn der Besitz war seit Jahren unbewohnt. Das Gras auf dem Weg zu seinem Chalet mußte dringend gemäht werden. Selbst wenn wir mit unseren Stiefeln darauf herumtrampelten, lag es nie flach, sondern beschloß immer, sich wieder aufzurichten. Das Haus war zweistöckig, und wir hatten getrennte Zimmer.

Lieber Auro,
Er hatte Vater und Mutter und eine Schwester gehabt. Sie hatten in einer mit einer Stadtmauer umgebenen Stadt gewohnt, draußen Berge, Seen. Im Winter fuhren sie Schlitten und aßen Kohlrabi. Ein Märchen.

Lieber Auro,
»Es wird nicht leicht sein, es wird bestimmt nicht leicht sein, aber ich glaube, du wirst den Kampf genießen.« Er sagte, viele Pflanzen brauchen eine Periode strenger Kälte, um das Keimen zu fördern. »In England«, sagte er, »im milden alten England, erschienen Himalaja-Primeln nach dem harten Winter 1962-63.« Nicht, daß ich eine Primel sein wollte!
Und dennoch waren wir nahe dran. Zu nahe dran, um glücklich zu sein.

Lieber Auro,

Ich bat, er möge mich hinausbringen, um wieder in die Welt zurückzukehren. Wir kamen an einem Sarg vorbei, oder vielmehr kam der Sarg, nachdem wir stehengeblieben waren, an uns vorbei, vor einem Gasthaus. Der Leichenwagen fuhr sehr schnell, und es gab keine Blumen. Dennoch bekreuzigte ich mich. Wir versuchten, die hölzerne Tür des Gasthauses aufzustoßen, doch sie rührte sich nicht. Ich hämmerte mit dem eisernen Klopfer, doch vergeblich. Das Gasthaus war geschlossen. Die Saison war vorbei. Ich fragte, ob es denn keine anderen Gasthäuser gebe. Er sagte, wenn die Saison für eines vorbei sei, dann sei sie auch für andere vorbei. Ich war enttäuscht. Ich hatte solche Hoffnungen an diesen Ausflug geknüpft. Wir fuhren ins Dorf. Das einzig Fröhliche war eine Flickensteppdecke, die auf einer Wäscheleine flatterte. Wir kauften ein. Er sprach Deutsch. Der Geschäftsinhaber verstand ihn tadellos.

Lieber Auro,

Die Abende waren das beste. Es gab weniger Krisen, weniger Uneinigkeit, Lampenlicht, eine Art Frieden. Ich hatte ein sauberes Hemd an und die Haare im Nacken mit einem Band zusammengebunden. Manchmal sagte er etwas

Schmeichelhaftes. Er sagte: »Ich würde dich sehr gern zum Freund haben.« Er sagte: »Ich weiß nicht, was mit dir los ist, Willa McCord, aber du besserst dich immer mehr.« Er sagte: »Wie du ißt, das verrät dich.« Ich begann zu weinen. Er wischte die Tränen mit dem Finger weg, wie man Milch entrahmt. Er sagte: »Wieviel Tränen du brauchst. Und wieviel Strafe.«

Lieber Auro,

Eine alte Nummer der *Times* kam, etwas englischer Tee war darin eingewickelt gewesen. Er schlug sie auf und las: »Selbst von hervorragenden Chirurgen ist bekannt, daß sie ihr Frühstücksei ungeschickt aufschlagen. Skalpell, Pinzette und Tupfer sind dabei nutzlos. Die Lösung des Problems ist, oder war vielmehr, der hübsche kleine Abschneider, den unsere Großväter benutzten. Geformt wie eine Schere, aber in einem Ring endend (der das Ei hielt), und mit einer runden Klinge köpften sie das Ei ohne Fraktur oder Blutung.« Ich legte mir die Hände auf die Ohren und sagte nein, aber er sagte, sobald eine Information einmal hineingelangt sei, setze sie unvermeidlich ihren Weg durch die Schnecke des Innenohrs fort. Er fragte nach den Haarnadeln, mit denen ich im Ohr stocherte. Wie es damit sei. Als ich mich beruhigt hatte, küßte er mich auf den Scheitel. Ein wohliger, trockener, brüderlicher Kuß. Er sagte: »Arme, arme Willa, ganz in sich selbst versenkt.« Ich klammerte mich daran. Ich glaube wirklich, er war ein Hypnotiseur.

Lieber Auro,

Als er mir Blumen schenkte – Phlox übrigens –, hatte er einen nassen Lappen um die Stengel gewickelt, damit sie lange frisch bleiben sollten, und das gefiel mir. Mit Hilfe einer Sonnenuhr brachte er mir bei zu erkennen, wann es wirklich Mittag ist, nämlich wenn die Schatten am kürzesten sind, nicht der Mittag verrückter Uhren. Und auch das gefiel mir. Ich war immer ein Stückchen zurück – wie ein Hund –, wenn ich den verschlungenen Pfaden seines Denkens folgte.

Lieber Auro,

Zuerst meine Rückfahrkarte, die zu Geld gemacht wurde, um Brot zu kaufen. Dann mein Paß, den ich in einer Schublade zwischen den Falten eines türkisfarbenen Slips aufbewahrte. Er war nicht mehr da. Er sagte, er sei an einem sicheren Ort, zusammen mit seinem. Schließlich meine Geschlechtsteile. Ihr Aufbau und ihr Schrecken waren nur Herodes bekannt, und noch dazu nur Herodes' Fingern. Es war Tag, als er die Fensterläden schloß und mich die Lei-

tertreppe hinunter in seine eigenen Räume trug.
Auch da war es stockdunkel. Nicht ein Licht-
schimmer. Wir lagen auf einer Holzpritsche. Er
zog sich überhaupt nicht aus. Manchmal war es
mein Finger, manchmal seiner, den er in unse-
rer beider Münder steckte und um unser beider
Zungen wand, um sie in meinen zweiten geheimen Mund zu stecken, um Ängste zu erregen
und empfindliche Nerven, und als ich dann begann, mich aufzubäumen und wieder zusam-
menzusinken und es zu wollen, da nahm er alle
Finger weg, meine und seine, und hielt sie fest
in seinem Griff, während ich mit Mund und
Wörtern und quälendem Flehen darum bettelte, und er sagte nein, nein, nein, und als alles
Aufbäumen nichts half, da wurde ich davonge-
tragen auf einer kleinen, einsamen Woge, und
ich hörte nichts als das Echo seines Gelächters.
Es dauerte nicht lange – Sekunden. Er sagte,
wie unmelodisch die Schreie befriedigten Ver-
langens seien, eine merkwürdige Tatsache, aber
wahr. Ich sagte, es tue mir leid. Er sagte, wie
froh er sei, mir diese besondere Gelegenheit gegeben zu haben, ich selbst zu sein. Ich sagte
nichts dazu. Von der Wand – meine Augen
hatten sich an die Dunkelheit gewöhnt – hob
sich der plumpe Umriß der Matratze ab. Ich
fragte: »Ist das die Matratze?« Er sagte: »Natürlich, du wirst doch nicht wollen, daß es be-

quem ist?« Ich streckte die Hand aus. Die Wand fühlte sich körnig an.

Lieber Auro,
    . . . Bruchstück und Rätsel und grauenhafter Zufall.

Lieber Auro,
    Ich träumte. Ein Hase auf den Hinterbeinen in Höhe meines Gesichts leckt es sauber. Unmäßig viel Speichel auf der Zunge des Hasen, die Zunge selbst gefurcht wie ein gepflügtes Feld und rauh. Rauh wie Leder. Als ich aufwachte, versuchte ich, den Speichel abzuwischen und den Hasen zu verscheuchen.

Lieber Auro,
    Er sagte: »Einmal war ich auf dem Nachhauseweg auf der Straße mit einer Tüte Orangen, als ich von einem Freund eingeholt wurde. Er war auf dem Fahrrad. Er bat um einige. Ich sagte nein. Sie seien für die Familie. Ehe ich es hindern konnte, nahm er mir dann die Tüte ab und radelte mit unvorstellbarer Geschwindigkeit davon. Als er in einiger Entfernung war, begann er, die Orangen eine nach der anderen auf die Straße fallen zu lassen, und natürlich rollten sie in den Rinnstein und waren nicht mehr zu brauchen.«

Ich war an der Reihe:

»Einmal war ich auf einem Spaziergang und bekam meine Regel. Ich wußte nicht, was das war, denn niemand hatte es mir gesagt, und dennoch wußte ich es, denn ich war nicht überrascht. Ich hatte Angst. Ich konnte nicht gehen. Ich konnte weder zurück- noch weitergehen. Ich habe vergessen, wie ich nach Hause gekommen bin.«

»Ich kannte dich damals«, sagte er. »Ich bin der einzige Mensch, der dich je gekannt hat.«

»Ich wollte sagen, ich wurde überfallen, aber das wäre nicht wahr gewesen.«

»Doch, doch, wir erfinden weniger bei Lügen und Träumen als bei der tatsächlichen Beichte.«

(Wie richtig das ist. Wie richtig das ist.)

Wir heirateten. Ach ja, und ich muß es sagen, ich liebte ihn – eine törichte Liebe, eine dumme Liebe, aber echt. Wir saßen ganz dicht beieinander und weinten, um uns, einer um den anderen, um die kleinen Katastrophen, die große Folgen haben. Unsere Kümmernisse paßten zueinander wie zwei einzelne Handschuhe, zwei einzelne Handschuhe von entgegengesetzten Enden Europas, und unsere Schuldgefühle paßten ebenso zueinander.

Lieber Auro,

Aber es gab keine Rückkehr zur Welt. Er sagte, es sei zu spät, sei schon zu spät gewesen, als ich kam. ›O übrige Welt‹, pflegte ich zu denken, ›warum schickst du keine Suchtrupps aus?‹ Geschehnisse aus meinem früheren Leben, obwohl damals nicht besonders aufregend, nahmen eine köstliche und unangemessene Bedeutung an. Ich erinnerte mich, daß ich eines Abends in der Dämmerung einen großen Strauß weißer Blumen auf dem Rücksitz eines Taxis gesehen hatte, und ich dachte an die Freude, die sie bereiten würden, wenn sie, meiner Schätzung nach bei Einbruch der Nacht, unbegleitet ankommen mit einer kleinen Karte, die Freundschaft, vielleicht auch Liebe bezeugt. ›O übrige Welt‹, dachte ich, ›warum solltest du Suchtrupps ausschicken – ich habe zu reuelos und zu früh nichts mehr mit dir zu tun haben wollen.‹

Lieber Auro,

Der November ist der Monat der büßenden Seelen. Die Koniferen rings um das Haus weinten. Bäume, die Klageweiber unseres Schicksals. Ich sagte, um etwas zu sagen: »Die Bäume weinen.« Er sagte: »Bäume weinen nicht, sie trauern.« Ich dachte, er spricht nicht von Bäumen, er spricht von uns. »Sprichst du von uns, Herodes?« – »Das ist der Haken bei dir«, sagte er, »du denkst nicht historisch.« Abgewürgt.

Lieber Auro,
Die Hochzeitszeremonie war schrecklich. Sie fand in einer römisch-katholischen Kirche statt, weil er sagte, die alte Mythologie sei bei uns allen nicht totzukriegen. Es war in der Sakristei, und die Zeugen waren Fremde. Nachher gab es eine Auseinandersetzung über Geld, und ich hatte einen ranzigen Geschmack im Mund, das muß das Wachs der Altarkerzen gewesen sein.

Lieber Auro,
Ich betete, ich betete um eine Blinddarmentzündung, damit ich dort herauskomme.

Lieber Auro,
       Jack Spratt aß nicht gerne fett,
       Seine Frau aß nur gerne fett,
       S o kam's, daß beide schweigsam
       Die Schüssel wegputzten, gemeinsam.
Alles ging wunderbar, bis Mrs. Jack Spratts Verdauung sich änderte, und das ist der Grund, warum sich die Menschen immer in genau demselben Verhältnis ändern müssen, sonst ist das Gleichgewicht gestört. Im Geist wollte ich weggehen, aber mein übriges Ich machte nicht mit.

Lieber Auro,

Sein Onkel, ein Geiger, sägte sich die rechte Hand ab, um nicht Wehrdienst bei den Deutschen leisten zu müssen. Wenn sein Onkel auch nur die mindeste Ähnlichkeit mit Herodes hatte, dann wette ich, daß er seine Geige oft an den Bauch drückte und mit seinem verschrumpelten Handgelenk bittere tonlose Melodien fiedelte. Es hat keinen Zweck, eine große Geste zu machen, es sei denn, man beabsichtigt, dementsprechend zu leben, und das ist der Grund, warum der Tod das einfachste Opfer ist. Hurra für Märtyrer. Verliebt in Herodes und den Tod gleichzeitig.

Lieber Auro,

Du fragst, warum ich da überhaupt hingegangen bin. Keine dumme Frage. Ich verbrachte dort einen Urlaub. Er war da sowieso immer wieder hingefahren. Er sagte, die Berge und die frische Luft seien überaus kräftigend. Ein umsichtiger Mann von achtunddreißig Jahren, seine Krankheit ein wohlgehütetes Geheimnis. Ich war froh, dem Café und dem Lärm zu entkommen. Kurz nach meiner Ankunft machte er mich mit der Tier- und Pflanzenkunde bekannt, respektierte mein Privatleben, bald hatte er mich im Griff wie eine Blume, die nachts von Blättern umschlossen wird. Ich schrieb meinem Chef einen Brief und sagte unter anderem: »Nächste Woche werde ich zurück sein«, aber Herodes radierte es mit einem Stück frischen Teigs aus. (Er backte Brot. Jeder Laib hatte die Form eines Kreuzes.) Als er dann meinen Makel ans Licht gebracht hatte, war es zu spät zum Weggehen; er hatte mich wiederum ganz im Griff. »Beurteile selbst das Ausmaß meiner Liebe«, sagte er, als er den Riegel vor die Tür schob, und ich lächelte töricht und dankbar.

Lieber Auro,

Er sagte: »Du könntest keinen Tag in der Welt überleben. Du lebst in Verwirrung und Scham.« Er sagte, ich müßte dankbar sein, daß er es freiwillig übernommen habe, mein Hüter zu sein. Es gab Kuhglocken und Schafsglocken, aber ich hörte sie nicht mehr.

Lieber Auro,

Verdauungsspaziergänge und Felsenspaziergänge und Spaziergänge zum Vergnügen. Ein kreisrunder Ast über einer Schlucht. Er trat drauf, sein Körper schwankte, dann ergriff er meine Hand und nahm mich mit. Ein kreisrunder Ast mit einem Durchmesser von etwa achtzig Zentimetern. Ich verlor dauernd den Halt, weil das Holz naß war. Ich weiß nicht, wie ich es geschafft habe. Aber ich muß sagen, daß es auf der anderen Seite einen großartigen Augenblick zwischen uns gab, als er die Arme ausstreckte und ich mich in brennender Leidenschaft an ihn klammerte, alles quoll über, ein solches Überquellen von Liebe, von Leidenschaft, von Erfüllung. Und ich sah mich mitgerissen und hilflos im Wildbach und wußte, daß es so war, wie er sagte: »Du gehst nicht weg, weil du lieber einen Mann haben willst, der dich straft, als einen, der es nicht tut, denn du bist eine Frau.«

Lieber Auro,

Er war gemustert worden, aber zu jung, um im letzten Krieg gekämpft zu haben. (Er war achtunddreißig). Im Frieden gemustert, nehme ich an. Er hatte Onkel in neuen Wohnblöcken in Köln – verpflanzte Onkel aus einem anderen Land. Ich fragte, was mit seiner Mutter sei, seinem Vater, seiner Schwester, dem Kohlrabi, den Schlittenfahrten? Aber diese Dinge, die zu seinem ursprünglichen Märchen so sehr dazugehörten, verschwanden aus der Geschichte. »Du hast doch den Schmonzes nicht etwa geglaubt?« fragte er und lachte darüber, wie naiv ich gewesen sei.

Lieber Auro,

Wir hatten einen herrlichen Abend. Alles Herumhacken, all den Kummer machten wir wett. Runde Tische, hohe Weingläser mit grünen Stielen, drei Kronleuchter, die tief von der Decke herabhingen und sich im Fenster des Erkers widerspiegelten, so daß sie sich im Garten immer weiter fortsetzten bis zu den Bergen. Wir tranken starken Wein und aßen Pökelhering, während wir zuschauten, wie der Tisch gedeckt wurde. Es gab Kuchen. Er war schon geschnitten, aber es ließ sich nicht feststellen, weil die Messerspur tief in die weiche Glasur eingesunken war. Er schmeckte nach Mandeln und Schokolade und Alkohol. Wir spielten ein Spiel. Wir machten die Küchenschaben betrunken, indem wir sie anhauchten, und als wir sie aus den Ritzen herausgelockt hatten und sie an der Fensterscheibe entlangtaumelten, da machten wir sie noch betrunkener, so daß sie immer wieder hinfielen. Wir waren selbst betrunken. Er konnte es besser als ich. Er konnte eine längere Zeit ausatmen. Er sagte: »Sie glauben, es sei Sommer.« Aber es war kein Sommer. Es schneite in den Bergen. Bald würde es auch in der Ebene schneien.

Lieber Auro,

Als ich Fieber hatte, schob er den Nachtstuhl herein und löste Aspirin im Wasser auf. Er lauschte meinem Albtraum. Die Zungen von Leuten waren in meinem Mund – übergroß und ekelhaft –, Zungen aller Art, die mich zu ersticken drohten. Er sagte, ein Albtraum sei ein weibliches Ungeheuer. Er sagte, wie ungerecht es sei, daß alle Ungeheuer weiblich sein sollten. Er hielt die Uhr an, falls das Ticken mich störte. Gab mir Honig auf einem Löffel. Wie eine Mutter. Er machte ein Fenster auf, und stell dir vor, er zog eine Ranke des Winterjasmins herein. Sie blühte nicht. Er war nicht nur Krankenschwester, Arzt, Komponist, Wissenschaftler, Erfinder und Musiker, er war auch Seiltänzer gewesen. Er sagte, in einer schmalen Straße saßen Frauen und machten Klöppelspitze und sahen zu, wie ihre Männer seiltanzten. In dieser Straße wäre ich gern gewesen. Ich fragte: »Herodes, wann kommt der Klavierstimmer?« – »Bald«, sagte er, »bald.« Aber der Schnee kam ihm zuvor.

Lieber Auro,

Zuerst war der Schnee eine Ablenkung, wenn er durch die Luft wirbelte und die Wipfel der Kiefern, aber nicht deren Unterseiten bedeckte, die flache Wiese, die zum Sanatorium führte, weiß machte und an den Bergen nichts änderte, denn auf den Bergen lag immer Schnee. Dann waren eines Tages die Spitzen der Holzpfosten bedeckt, und ich fand, es sah aus wie eine Pfote auf jedem Pfosten, und ich begann mir den Schnee als ein Tier vorzustellen, das mit seinen Pfoten alles erreichen konnte. Abends hatte der Schnee eine bestimmte Höhe, aber morgens war es dann ganz anders. Herodes hatte Vorräte herangeschafft, Räucherfleisch, Bücklinge, Mehl, Käse, Weizenkeime der Vitamine halber, Orangen und einen Sack ganz vorzüglicher Kartoffeln. Wir waren in Sicherheit, genau wie die Kuh. Die Kuh mit ihrem rauhen braunen Fell, dessen Farbe und Beschaffenheit zu dem Stall paßten, in dem sie untergebracht war. Die Kuh, die ekelhaft fette Milch gab. Mann, Frau und Kuh. Wir waren in Sicherheit in unseren Gefängnissen. Im Kuhstall stank es nach Dung und gärendem Heu, im Haus roch es nach Feuer und Hühnermist. Die Hühner wurden nachts in ihrem Geflügelkorb hereingeholt.

Zu Felswänden aufgehäufte Schneemassen und nur zwei ganz schmale Pfade, an die man sich halten konnte. Einer zum Kuhstall, einer zu seinem Musikzimmer. Morgens molk er die Kuh, und ich schaufelte Heu vom zweiten Stock hinunter zur Futterkrippe, wo die Kuh,

betäubt, abgestumpft, aber folgsam, Milch gab.
»Sind da Ratten?« fragte ich. »Bestimmt«,
sagte er. Er ging mit der Milch weg, während
ich weiter Heu schaufelte. Etwas ließ mich hin-
unterspringen, die Tür aufmachen und die Kuh
hinausbringen. Selbst der Pfad war seit der
Zeit, als ich hereingekommen war, mit frischem
Schnee bedeckt. Die Kuh warf den Kopf zurück, muhte wie üblich trübsinnig und schiß
zufrieden auf den frischen Schnee. Auf der
weißen Fläche breitete sich ein sirupfarbener
Klacks rasch aus. Er hatte eine verrückte Form,
und die herauströpfelnde Flüssigkeit besudelte
noch mehr Schnee. Und wie ich das begrüßte:
Schmutz auf der unendlichen Weiße. Ein Gesang. Meine erste kleine Rebellion. »Was, zum
Teufel, treibst du eigentlich?« Er stand an der
Küchentür und beobachtete mich mit seinem
Vorkriegsfernglas. Ich lächelte vor mich hin
und wandte ihm den Rücken, so daß er mein
Gesicht nicht sehen konnte. Ich brachte die
Kuh wieder zurück. Ich dachte daran, daß in
mir, seit ich hier war, alles mögliche zum Ausbruch gekommen war: Disharmonie, Verschla-
genheit, Verrücktheit und Haß. Die Harmonie
läßt sich nie wieder herstellen. Ich blieb draußen und schippte Schnee.

Lieber Auro,

Der fallende Schnee war wie Asche. Asche, die von einem Feuer im Freien aufgestiegen war und jetzt wieder herabsank. Ich war glücklich und genoß meine Einsamkeit. Ich machte den Mund auf und ließ mir den Schnee auf die Zunge fallen. Er schmeckte nicht nach Asche. Er schmeckte nach reiner Kälte. Und ich dachte: »An manchen Tagen bist du trotz deiner mißlichen Lage glücklich.«

Lieber Auro,

Wir saßen am Feuer wie Steine, zwei Steine, einer darauf wartend, daß er platzte. Ich sagte: »Ich will dir eine Geschichte erzählen.« Und ich begann: »Es gab Vögel auf einer Insel, sie waren schon seit Tausenden von Jahren dort, und als der Krieg ausbrach, wurde die Insel gebraucht, aber die Vögel waren den landenden Flugzeugen im Weg. Also mußte man sie sich vom Halse schaffen. Viele Methoden wurden ausprobiert, Gift, Gas, Ausräuchern, Vogelstellen; nichts klappte, bis eines Tages ein Mann mit einer Nadel kam, und als im Frühjahr alle Nester voll waren, durchbohrte er die Eier, und über Nacht flogen die Vögel fort, sie warteten nicht einmal, bis ihre Jungen ausschlüpften, denn sie wußten, daß die Schlangen gekommen waren. Sie flohen vor den Schlangen, die sie gar nicht kannten ...« Und ich schaute ihn an und sah, daß ihm die Geschichte sehr gefallen hatte, und ich sagte: »Diese Vögel haben Tausende von Jahren auf die Schlangen gewartet«, und ich sagte: »Arme Vögel«, und er sagte: »Dumme Vögel.« So war es.

Lieber Auro,

Er fing Grashüpfer. Er wußte, daß man sie nur frühmorgens fangen kann, ehe die Sonne ihren Verstand schärft. Er war sehr geduldig mit ihnen. Er hatte ein so gutes Verhältnis zu ihnen. Er brachte ihnen einfache Kunststücke und Sprechen bei. Stundenlang pflegte er sich ihnen zu widmen. ›Ach, Herodes‹, dachte ich, ›warum trägt das langsame Gift in dir den Sieg davon? Du, der du so viel von einem Heiligen hast, so viele gute Anlagen, du, der Überdurchschnittliche mit einem toten Vater, einer toten Mutter und einer treulosen Schwester, welche wirklichen oder erdichteten Ungerechtigkeiten haben dich so weit gebracht?‹ Aber ich fragte ihn nie danach. Fragen erbosten ihn. Er glaubte, Fragen werden gestellt, um ihn zu unterjochen. (An dem Tag, als ich seine Schwester erwähnte, war er bleich vor Zorn. Ich hatte eine Photographie von ihr gefunden mit ihrem Namen darauf – Inge Clevering. Sie war seine Schwester, eine recht berühmte Geigerin. Er sagte, sie habe sich immer von vorn photographieren lassen, weil sie kein Profil habe, so eitel sei sie.)

Lieber Auro,
Er sagte: »Viele Frauen übertragen ihre Familie auf ihr späteres Leben, und für manche ist das die einzige Bindung, die sie haben können.« Er sagte, möglicherweise erlebte ich die Beziehung zu meinem Vater noch einmal. Ich sagte, ich habe meinen Vater überhaupt nicht gekannt, und das ist wahr.

Lieber Auro,
Als ich den ersten Fluchtversuch unternahm, regnete es. Ich war noch nicht einmal bis zum Sanatorium gekommen, als er wie ein Geist aus dem Nichts auftauchte. Er sagte: »Du warst im Begriff, mich zu betrügen.« Seine Stimme entsetzlich ruhig, entsetzlich normal. Ich sagte: »Von den Eintagsküken hat sich eins verlaufen.« – »Ah«, sagte er, »Eintagsliebe verfliegt rasch.« Ich tat so, als verstünde ich ihn nicht, und suchte unten im Laub nach einem winzigen Küken. Er sagte: »Du denkst an nichts anderes als Flucht, du träumst davon, im Schlaf sprichst du davon, du überlegst, du schmiedest Pläne, aber, liebes Mädchen, du würdest nicht weit kommen ... zu wem willst du gehen, du

hast alle Beziehungen abgebrochen. Bei einem verrückten Wettlauf über die Auffahrt wirst du vielleicht dein Fett oder deinen Ärger los, aber nicht dein Problem, Willa, nicht dein Problem, denke daran, du kleine Jungfrau, die du immerzu an deiner Klitoris herummachst ...« Ich wollte es nicht hören, ich wollte nicht über mich selbst Bescheid wissen, ich drehte mich um und rannte ins Haus. Es war zwecklos. Man muß zum Weggehen bereit sein, wenn man geht, man muß zum Schwimmen bereit sein, wenn man schwimmt, genauso ist es mit dem Haß, genauso ist es mit allen Dingen. Ich drehte mich um und ging zurück. Er folgte mir. Unsere Stimmen antworteten einander unter den erstickenden Bäumen, und ich dachte: ›Es muß weitergehen‹, und wußte, daß es so war. Der Regen hatte aufgehört. Er hing noch an den Zweigen. Die Zweige lösten sich in feuchte Strahlen auf, und ich ebenfalls. Die Vernunft ebenfalls. Irgendein Wahnsinn überkam mich, und ich bat um Vergebung. Vergebung für etwas, das ich hatte tun wollen!

Am nächsten Tag inszenierte er ein Gerichtsverfahren. Ich wurde gehörig verwarnt. Er legte mir eine schwarze Augenbinde an. Sie war aus Stoff und saß sehr gut über dem Nasenrücken. Er hatte sie bei einem Flug über den Pol bekommen. Sie hatte Gummibänder, um die Straffheit zu regulieren. Er sagte, sie müsse mir bequem sein. Er brachte mich in ein anderes Chalet. Er verriegelte die Tür. Bei dem Gerichtsverfahren ging es hauptsächlich um meine bewußte Täuschung. Und nachdem ich mich schuldig bekannt hatte, sagte er: »Laß uns ein paar alte Photos ansehen«, und er erinnerte mich an Dinge, die ich ihm ganz zu Anfang, in unseren halkyonischen Tagen, gestanden hatte – Worte, Bilder, Teile von Geschichten: Häkelhaken, Truhen, gepflückte Primeln, die auf einer Heide verwelkten, Kuchenkrümel, der Krieg, Ulmenrinde für eine Frau, Blut, das neun doppelte Lagen Zeitungspapier durchtränkt hat, der Mann, der die Frau betrog, weil er mich auf den Schoß genommen und mir mit dem Löffel ein weichgekochtes Ei zu essen gegeben hat, der Küchentisch, der Mittelpunkt so vieler Verbrechen, der Arzt saß dort mit meiner Mutter, seine Hand pfuschte im Unbekannten herum, später eine Operation auf demselben Tisch, ohne Betäubung und literweise . . .

Als er mir die Augenbinde abnahm, sah ich, daß wir in einer Ruine waren. Drei Mauern standen noch, aber die vierte war nur erkennbar an dem Graben für ihr Fundament. (Das Verriegeln der Tür war lediglich Taktik gewesen.) Der Fußboden, mosaikartig mit Vogelmist gesprenkelt, reichte bis zu dem Graben und war auf gleicher Höhe mit der Wiese. Man roch das Gras, und ich fragte mich, warum ich es während des Gerichtsverfahrens nicht gerochen oder das dünne, ferne Läuten von Kuhglocken nicht gehört hatte. Er deutete auf die Wiese und vermutlich auf die Welt dahinter und sagte: »Dir steht es jetzt frei zu gehen, niemand wird dich zurückhalten«, aber ich rührte mich nicht. Ich stand wie erstarrt, angewurzelt, willenlos. Ich dachte, sich zu unterwerfen bedeutet endgültigen Frieden. Du siehst, ich war innerlich nicht ganz tot, denn ich hatte noch diesen kleinen Gedanken. Er sagte, es gebe gewiß etwas, wofür er mir dankbar sei – daß ich dafür gesorgt habe, daß er auf Draht blieb, daß er mich dauernd mit diesem oder jenem kleinen Trick verlocken mußte. Er hakte mich unter, als wir zum Haus zurückgingen. »Ein weiterer Spaziergang von Kameraden«, sagte er.

Lieber Auro,

Wie weit waren wir auf diesem verrückten Weg gekommen, der so fröhlich begonnen hatte – die Schlittenfahrten, der Kohlrabi, die schlichten Blumen aus dem Küchengarten, um die er nasse Lappen gewickelt hatte in der Hoffnung, daß sie immer frisch und feucht bleiben würden.

Lieber Auro,

Er gab mir meine Geschenke zurück. Stellte sie in mein Schlafzimmer und legte einen Zettel dazu: »Zweitklassige Geschenke sind vielleicht für andere gut, aber nicht für mich.« Und ich dachte: ›Was soll ich mit einer nichtrostenden Schubkarre anfangen?‹ und ich lachte wider Willen.

Lieber Auro,

Ach ja, ich muß es erwähnen, irgendwo, irgendwo liebte Herodes mich. Eine versunkene Liebe, eine bittere Liebe, aber eine echte. Denn als ich den nächsten Versuch unternahm, ihn zu verlassen, bat er mich, ihm noch ein wenig Zeit zu gönnen, ein wenig Mitleid, wenigstens bis Ostern zu warten, weil ein Mann – selbst ein intelligenter Mann – zu einer solchen Zeit zu Sentimentalität neigt. Er sagte, ihm gefalle der Gedanke der Wiederauferstehung. Er sagte, jeder Mann verdiene eine zweite Chance. Jede Frau auch. Ich erklärte mich bereit, so lange zu warten. Er brachte mir bei, »Frohe Ostern« auf deutsch zu sagen. Es war ein herrlicher Abend. Ich hatte es ihm draußen eröffnet, hatte geglaubt, das wäre besser. Ein herrlicher Abend mit einem von allem freigefegten Himmel bis auf den Mond. Man konnte den Frühling spüren. Er sagte, ich solle mindestens so lange warten, bis ich die Kätzchen sehe. Er sagte, die Kätzchen seien sehenswert. Die weißen Kätzchen, die auf den Bäumen schwangen, würden meine Familie werden.

Lieber Auro,
Auf dem Fensterbrett eine Flasche mit viereckigem Hals, gefüllt mit einer malvenfarbenen Medizin. Wie eine nicht ganz geleerte Medizinflasche auf irgendeinem Küchenfensterbrett, das Etikett unleserlich, das Pulver am Boden gesammelt, die Flüssigkeit darüber nur ein schwacher Abglanz der Farbe, die sie haben würde, wenn die Flasche geschüttelt würde. Er nahm sie und schüttelte sie. Ich hatte ihm seine Magengeschwüre wieder eingebrockt. Und ich betete, ich betete, daß es sich um Magengeschwüre der Art handele, die aufbrechen und sofortiger ärztlicher Behandlung bedürfen.

Lieber Auro,
Wir gingen die Leitertreppe zu seinen Räumen insgesamt viermal hinunter. Einmal nach dem Felsenspaziergang, einmal, nachdem die Ratte eingedrungen war, zu Weihnachten und nach meiner zweiten mißglückten Flucht. Viermal. Ich stellte Listen von allen Dingen auf, von allen Leuten, die ich je kennengelernt hatte, wie oft ich Räucherlachs gegessen hatte, wie

oft am Himmel Regenbögen gestanden hatten und wie oft nicht, wie viele Rinderbraten ich auf den Theken von Kneipen hatte stehen sehen. Ich stellte auch Listen von Unterhaltungen auf. Vor Jahren hatte eine Frau zu mir gesagt: »Es wird angenommen, daß die Menschen nur schwarzweiß träumen, aber ich träume farbig.« Eine Frau, für die ich Tee gemacht, aber das Wasser nicht hatte kochen lassen. Grauer Tee, dessen Blätter auf der Oberfläche schwammen. Eine solche Tasse Tee war eine Zumutung für eine Frau, die farbig träumt. Eine läßliche Sünde, aber eine läßliche Sünde kommt zur anderen.

Lieber Auro,

Als die Ratte ins Haus kam, bestand er darauf, daß ich ihn begleitete, wenn er sie erschoß. Die Ratte war in die Vorratskammer eingedrungen, um sich an dem Sack ganz vorzüglicher Kartoffeln gütlich zu tun. Er ließ mich die Taschenlampe halten. Er sagte, er habe guten Grund anzunehmen, daß die Ratte im Begriff sei, Junge zu werfen. Ob ich von dem Phänomen gehört habe, daß neugeborene Ratten alle durch einen ungeheuren elterlichen Schwanz verbunden seien – Köpfe, Augen, Zähne, alle Arten von Pelz zusammengeballt in einer einzigen ungeheuren Masse, und der

Schwanz dick und kräftig wie ein Riemen. Das ließ mich ein bißchen hysterisch werden, und ich sprang auf den Tisch, so daß ich, als die Ratte unter ihm hervorkam, nicht sicher war, auf wen von uns beiden Herodes schoß. Er brüllte, während er schoß. Er brüllte auf deutsch. Weil ich ihm nicht geholfen hatte, und zwar die Lampe zu halten, sagte er, ich müßte die Ratte wegkehren, aber ich weigerte mich.

Lieber Auro,

Es stellte sich heraus, daß der Klavierstimmer blind war. Seine Blindheit war ein Schock für mich. Ich wurde von Herodes zum Haupttor geschickt, um ihn hinunterzubegleiten. Er war ein Mann mittleren Alters, der zwei nicht zusammenpassende Handschuhe trug. Mit seiner sonstigen Kleidung war es ebenso. Sie war ohne Rücksicht auf Größe oder farbliche Abstimmung gekauft worden. Er fragte, wie ich aussehe. Er sei nicht immer blind gewesen. Er sagte, er habe einen Kampfauftrag im Krieg gehabt, der entsetzlich schiefgegangen sei. Er gab mir eine kleine Karte. Sein Name – Adolf Triska – war draufgedruckt. Er sagte, Triska bedeute Splitter. Er sagte, er habe eine sehr hübsche Wohnung. Zumindest sei ihm gesagt worden, es sei eine sehr hübsche Wohnung, und ob ich ihn einmal besuchen wolle.

Lieber Auro,

Ich sagte zu Herodes: »Der Klavierstimmer hatte einen Kampfauftrag, der entsetzlich schiefgegangen ist.« Herodes antwortete: »Er hatte einen Auftrag im Bett, der im Bett schiefgegangen ist.« Er sagte, die Blindheit sei eine Folge von Syphilis. Ich fragte, woher er das wisse. Er sagte, es gebe Mittel und Wege.

Lieber Auro,

Ich saß am Feuer und hielt Papiere mit einer Zange; ich sah zu, wie sie Feuer fingen, aufloderten und sich zusammenrollten. Wenn sich ein Stück Papier in Asche verwandelt hatte, warf ich es weg und nahm ein neues, und obwohl ich es damals nicht wußte, war der Plan in meinem Kopf aufgetaucht. Der Plan entwickelte sich selbst. Herodes rief von unten: »Bist du noch auf?« Ich dachte: ›Soll ich dir etwas erzählen, Herodes? Du beherrschst mich nicht mehr. Wenn du deine Macht zurückhaben möchtest, mußt du mich umbringen.‹ – »Ich bin nicht müde«, antwortete ich. »Hast du deine Tage?« fragte er. Er behauptete immer, die Menstruation wirke verheerend auf meine Emotionen. Ich ging zur Tür. Das Sägemehl unter dem Sägebock war durch einen leichten Frost in Silber verwandelt, und ich ging hinaus. Ich begann zu laufen. Ich glaube, es war schon

spät in der Nacht, und er glaubte nicht, daß ich
weit gehen würde. Ich glaubte es auch nicht.
Ich habe Angst vor der Dunkelheit, aber es
handelte sich darum, zwischen zwei Übeln zu
wählen. Natürlich versuchte ich nicht gleich in
dieser Nacht den Galopp, aber ich machte es
mir zur Gewohnheit, zu laufen und meinem
Schrecken vor dem Wald ins Auge zu sehen,
und als er es dann am wenigsten erwartete, ließ
ich, wie jeder Fahnenflüchtige, ihn schlankweg
sitzen.

Lieber Auro,
    Aber wie Herodes selbst sagte: »Eintragun-
gen im Herzen sind nicht wie Eintragungen in
Kassenbüchern, sie können nicht durchgestrichen werden.« Je mehr man es versucht, um
so unansehnlicher wird die innere Seite, und
darum sage ich immer, die Erinnerung ist das
Mißliche. Man wird sie nie los, ist immer ihren
Ausbrüchen unterworfen, die . . .

    Auro wußte jetzt alles. Er reimte sich die
verschiedenen Andeutungen zusammen, er erinnerte sich an Kleinigkeiten, die sie erwähnt
hatte, Frisuren etwa oder das Anhauchen von
Küchenschaben. Er wußte nun, warum sie sich
hatte zurückhalten müssen, und er empfand so

viel Mitleid mit ihr wie nie zu ihren Lebzeiten. Ja, sie hatte mit ihm geschlafen, sie hatte dabei viel riskiert, und er bewunderte das, denn unter den gegebenen Umständen war es sehr tapfer gewesen. Aber er hatte sie nicht besessen – nicht wirklich, denn er hatte sie nicht gekannt. Wenn sie jetzt noch am Leben wäre, würde er ihr ein Jahr, vielleicht noch länger, Zeit geben, und gemeinsam würden sie Herodes loswerden (den armen verrückten und noch dazu impotenten Kerl) und eine Frau aus ihr machen. Er war zur Liebe bereit wie nie zuvor. Eine ungewährte, frustrierende Liebe, aber dergleichen kann einfach deshalb wüten und sich steigern, weil es so aussichtslos ist. Es peinigte ihn. Und er hatte viel Zeit, unendlich viel Zeit, um es sich immer wieder durch den Kopf gehen zu lassen. Ebenso ging es Patsy. Und Tom auch.

Tom hatte die meiste Zeit. Ab und zu pflegte er plötzlich verrückt zu werden – irgendwo, im Gefängnishof, und dann schrie der Wärter, in dem großen Kessel, den sie Küche nannten (wo sie ihn aus Perversität arbeiten ließen), nachts in der Zelle, wenn er nicht schlafen konnte. »Wenn nur, wenn nur«, sagte er dann, nahm eine einzige Änderung im Reiseplan jener Woche vor, machte sie wieder lebendig, nur um sich noch mehr zu quälen. Patsy wußte es immer, wenn er kürzlich einen Anfall gehabt hatte, denn er pflegte dann ganz in sich versunken zu sein, still und schlaff hinter Gittern. Sie tat ihr Bestes, um fröhlich zu sein, Neuigkeiten zu überbringen, Briefe aus der Heimat, eine Menge Zigaretten, ihren eigenen Kummer zu verbergen – Stimmungen, Geldmangel, nicht einmal ein mitleidiger Brief von Ron, keine Möglichkeit herauszufinden, wie ihm zumute war, was er wußte, endlose Spaziergänge wieder in jene Straße, als ob Spaziergänge etwas ungeschehen machen könnten. Überall war Einsamkeit. Keinen Besuchstag ließ sie aus, niemals. Nicht, daß sie einander vergeben hätten, nur waren sie demütiger, wie es gute Menschen sind, wenn das Schicksal einen vernichtenden Schlag zu führen versucht. Sie wußten, daß sie unwichtig waren. Blutuntersuchungen zum Vaterschaftsnachweis zogen sie gar nicht in Erwägung, als das Kind kam: denn das war etwas, wie Patsy sagte, das sie nicht unbedingt zu wissen brauchten.

Carson McCullers
Das Gesamtwerk der großen
amerikanischen Dichterin

im Diogenes Verlag

Erzählungen I
Deutsch von Elisabeth Schnack.
detebe 20/I

Erzählungen II
Deutsch von Elisabeth Schnack.
detebe 20/II

Die Ballade vom traurigen Café
Novelle. Deutsch von Elisabeth Schnack.
detebe 20/III

Das Herz ist ein einsamer Jäger
Roman. Deutsch von Susanna Rademacher.
detebe 20/IV

Spiegelbild im goldnen Auge
Roman. Deutsch von Richard Moering.
detebe 20/V

Frankie
Roman. Deutsch von Richard Moering.
detebe 20/VI

Uhr ohne Zeiger
Roman. Deutsch von Elisabeth Schnack.
detebe 20/VII

Über Carson McCullers
Essays und Aufsätze von und über
Carson McCullers.
Chronik und Bibliographie.
detebe 20/VIII

Oliver Evans
Carson McCullers – Leben und Werk.
Eine Biographie